「ピンクに染まってる…」
薄暗い中で、薄桃色の裸体がどこか煽情的に浮き出す。
その滑らかな肌を、本宮は大きな掌で撫で回した。

運命のつがいは巡り逢う

義月粧子
Syouko Yoshiduki

この物語はフィクションであり、実在の人物・団体・事件等とは、いっさい関係ありません。

Contents

イラスト・小山田あみ

運命のつがいは巡り逢う

某国際センターの建物の前で、本宮嗣敏(もとみやつぐとし)を乗せたタクシーは止まった。

外観は明治から大正にかけての洋館といった石造りの古めかしい建設物で、重要文化財としての指定を受けていてもおかしくなさそうに見える。そのせいかなかなかに入りづらそうで、人の出入りもあまりない。

「ここ、外務省あたりの外郭団体？」

車を降りると、何気なく秘書に聞く。

「いえ、政府機関ではないはずです。確か、いくつかの大学が共同出資しているとか」

秘書は答えると、本宮のために玄関ドアを開けた。

受付の職員は、本宮が入ってくるなりその強いオーラに圧倒された。

見上げるほどの長身に見栄えのする容姿。いかにもααタイプのアルファといった威圧感だが、捉えどころのない笑みがそれを中和させる。

「三時にお約束しているEXC(エクス)です」

「あ、はい。お聞きしております」

職員は慌てて入構証を発行すると、二人を案内する。

廊下の先は別館に続いていて、やや殺風景な機能重視の今どきのオフィスビルになっている。四階にある目的の部屋まで移動する途中、すれ違った職員たちは皆一様にラフな服装で、中にはよれよれのTシャツにサンダル履きという者もいて、ビジネスーツの本宮たちが悪目立ちしてしまう。

職員がドアをノックすると、外から声をかけた。

「…EXCの方がいらしてます」

「はい、どうぞ」

職員がドアを開けると、返事をした男性が上着に袖をとおしているところだった。

中に入ろうとした本宮は、一瞬足を止めた。

冷たく澄んだ空気を放つ、ちょっとないほどの美形の男性が、ジャケットのボタンを片手で留めながら、眼鏡越しに本宮に視線をくれた。

切れ長の美しい眸（ひとみ）からは何の感情も読み取れない。真っ直（す）ぐの黒髪が額にかかって、それが陶器のように滑らかで白い肌をより引き立てる。

どちらかというと華奢（きゃしゃ）なすらりとした長身で、どこも崩すことなくスリーピースのスーツをきっちりと着こなしている。

「…どうぞお入りください」

その声に本宮は我に返った。

「失礼します」

「この件を担当させていただきます、来栖です」

すかした表情で一礼すると、本宮たちに椅子を勧める。

本宮は、もう一度改めて正面から来栖を見た。

「EXCの本宮です。今日は副所長の林先生にお会いできると…」

「本日は林は同席致しません」

「…は？」

「ご依頼はゲーム脚本の監修と伺っております」

「そうです。それを林先生にお願いしたくて」

来栖は、部屋に設置されているウォーターサーバーから紙コップに雑に水を入れると、来客の前に置いた。

「どうぞ」

個人秘書はいない上に、事務員がわざわざお茶出しをするシステムではないということのようだ。

「ありがとうございます」

本宮の秘書だけが礼を云う。

「担当は、詳細をお伺いした上でこちらで決めさせていただいております」

「いや、我々は林先生に直接お願いするために…」

「ここではすべて事務局が窓口となります。ご依頼を詳細に判断して、適任となる専門家を紹介いたします」

淡々とした冷静な口調で返すと、立ったままの二人に目で着席を促す。

本宮の目からはとっくに微笑は消えていて、それでもとりあえずソファに座った。

「改めまして、事務局長の来栖です」

名刺を二枚テーブルに置くと、爪先まで綺麗に整えられた指ですっと滑らせた。

型通りの名刺交換の儀式をあっさりと無視されて、秘書の尾野は両手で自分の名刺を握ったまま困惑している。

「では早速要件に入らせていただきます」

尾野は仕方なくテーブルの来栖に近い位置に名刺を置くと、ちらりと本宮を見た。

本宮は自分の名刺を出す気配すらなく、脚まで組んでいる。副所長と話せるはずだったのに当てが外れて怒っているのだろうと思ったが、アポをとった自分が後で文句を云われやしないかと尾野は内心眉を寄せてしまう。

「その前に。林副所長に担当してもらえるんでしょうね」

「林が適任だと判断すればそうなります」

「その判断は誰が？」

「私です」

来栖の眼鏡が照明に反射して、きらりと光った。

本宮は明らかに不満そうで、隣に座る秘書をちらりと見た。

「尾野、そんな説明は受けているか」

「え、あの…、A出版の和田編集長を介して林先生に面談をお願いしたところ、林先生からこちらでアポをとるようにと」

「それはつまり、林が事務局に判断を委ねたということになります」

「え……」

尾野は慌ててメールを見直すべく、スマホ画面に見入る。それを尻目に来栖は続けた。

「…ここへのアポはすべて私が処理します。個人的に林との面会を希望されるなら、別のルートをとってください」

「別のルートとは？」

本宮が不満そうに聞く。

「さあ、私は存じ上げません。和田編集長とやらにお聞きになれば？」

木で鼻を括(くく)ったような返答に、本宮の眉はますます寄った。が、来栖はそんなことは気にもかけない。

「こちらでは、ご依頼内容により相応(ふさわ)しい専門家を担当にさせていただいておりますし、研究者たちもその方向性を支持しています。林に限らず、ここの研究者は互いの専門領域を最大限に尊重します。それにご不満でしたらよそをあたってください」

本宮のような要望には慣れているのか、来栖の態度はにべもない。

「メールでも予(あらかじ)めそのことはお断りしているはずですが」

「…そ、それは…、A出版の和田編集長からのご紹介ということで、別枠だと」

僅かに本宮の眉が寄った。秘書の判断が甘かったことに気づいたのだろう。

「別枠など存在しません」

静かに返すと、来栖は本宮の返答を待った。

「わかりました。どうやら思い違いをしていたようです」

「そのようですね。続けますか、それとも出直されますか？」

来栖は淡々と返す。が、本宮には彼が断ってほしそうに見えてしまって、敢(あ)えて云った。

「続けてください」

来栖の目が一瞬だけ揺らぐ。が、それは眼鏡に遮られて本宮には判別できない。

来栖は小さく頷くと、立ち上がって自分のデスクに向かった。

「…担当が決まってからの取り消しはキャンセル料が発生しますのでご注意ください。分析結果等の責任は、個人ではなくセンターが負うことになります」

そう云いながら、書類を手にして戻ってきた。

「先ずこちらをお読みいただいてサインをお願いします」

「今、ここで？」

「持ち帰っていただいてもかまいませんが、署名をいただいてからでないと依頼はスタートしません。再度アポを取っていただくことになります」

「再度…？　それは面倒だな」

本宮の眉が露骨に寄ったが、仕方なさそうに書類に目を走らせる。

「まあ、これなら…」

サインをしようと尾野にペンを要求する。尾野が慌ててペンを探すが見つからないようだ。

それを見た来栖が、黙って自分のペンをテーブルに置いた。

「…どうも」

サインを終えた書類を確認して、来栖はクリアファイルに綴じた。

「それでは、早速本件に入らせていただきます」

「よろしくお願いします」

尾野が頭を下げただけで、本宮は黙ったままだ。

「中東地域を舞台にしたゲームの監修とのことですが、時代考証のチェックや訴訟に対応できるようにという方向性ですか？」

「そうですね。もちろん宗教面にも配慮して…」

「配慮、ですか。該当の地域を支配している宗教が徹底した不寛容であることは踏まえておられますか」

「まあ、多少は…」

「不寛容な宗教に配慮するということは、基準を相手に委ねることになりますが」

「そこは常識の範囲で…」

「その常識の基準は、西洋社会に於ける常識ですか？」

来栖の質問に、本宮は顔をしかめる。

「そりゃそうでしょう」

「それでは当事者は配慮とは受け取りません。それによって起こり得る不利益をよく考えないといけません」

「それはもちろん。ただ表現方法を変える必要があるなら、そのアドバイスには説得力が必要になる。なのでこちらに依頼したわけです」

「説得力とは…？」

「研究者は、論理的な方法で説得できると思ってるんでしょうけど、そんな簡単じゃない。理論より感性重視のクリエイターには通じないことがままある。そういうときに研究者の肩書やら実績やらはけっこう重要になる。クリエイターって案外権威主義だったりするんでね。自分の論理構築や思考力を過信してないからという見方もできるが、世の中ってわりとそういうもんでしょ。自分がわからない世界では、なんだかんだで世間的な評価を信じてる」

「…私どもは依頼人を説得したりはしません。プロの視点からアドバイスするだけです」

来栖は素っ気なく返す。

「ですが、そちらのご希望はお聞きしておきます」

さらりと流して、他にも気になる点を確認して書き留めていく。

「…ざっとお聞きした範囲では、実績がありそれなりのポジションにいる研究者より、ゲームの世界に明るい若い研究者の方が適任だと思うのですが、それでも前者を希望されると？」

それまで不満そうだった本宮の表情がちょっと変わる。

「ええ、そうです」

「わかりました。ではその方向で調整させていただきます」

ビジネスライクに返すと、時計を確認する。

「…明日にはお返事させていただけるかと」

来栖がそう云うと、尾野は立ち上がって深々と頭を下げた。

「それは助かります。ありがとうございます。よろしくお願いします」

来栖も立ち上がって、ドアを開けた。

「尾野、車呼んでおいてくれ」

「あ、はい」

ドアの前まで来て、本宮は尾野にそう告げる。

尾野が急いで部屋を出ていくのを見送って、本宮は来栖を振り返った。

「ちょっと、いい？」

「何か？」

「…あんた、俺のこと憶えてない？」

探るような目で来栖を見た。

来栖の目が眼鏡の奥で緊張する。が、それは眼鏡に遮られて本宮には気取られることはなかった。

「…憶えてないとは？」

落ち着いた声で返すと、うっすらと笑った。自分のことを憶えていない奴がいるはずがないと思っているくせに。

「それは高二のときに同じクラスだったこと？」

しれっと返す。それを受けて、本宮の目が見開かれた。

「憶えてたのかよ」

「そりゃ、仕事だから依頼主のチェックくらいする。ネットで検索する程度だが」

本宮に合わせてタメ語に切り替える。

「憶えてて、よくもまあしらじらしい…」

「しらじらしい？　まさか歓喜の再会なんてのを期待したわけでもないだろうに」

「…相変わらずスカしてんなあ。まあ、ヤリ逃げしといて気まずいのはわかるけど」

「ヤリ逃げ…？」

来栖は自分の耳を疑った。

ヤったのはそっちだろうと云いたいが、オフィスでそんなこと云えるわけがない。そもそもなぜ本宮が被害者ポジションになってるんだか。

「ヤるだけやって海外留学って、そういうことだろ？」

来栖は返す言葉を失った。

いったいどういう事実認識なんだ。呆れて二の句が継げない来栖の反応を勝手に肯定と受け取ったのか、本宮はポケットからさっき渡さなかった名刺を取り出して、来栖の胸ポケットに入れた。

「…近いうちにメシでもどうよ?」

企むような目で流し見る。

まずい…、この目だ。本宮はこんなふうに近づいて、そして容易く相手を手に入れる。来栖もかつてそんな彼に囚われた一人だったのだ。

来栖は殊更ゆっくりと彼から視線を外す。こういうときは下手に反応しないことだ。

「相変わらずスカしてんな」

おもしろがるように返すと、かかってきた電話をとる。

「…ああ、今下りる」

本宮は振り返ることなく、廊下に出た。

来栖はそっとドアを閉めると、靴音が遠ざかるのを確認して、小さく息を吐いた。

「何がメシだ…」

眼鏡をとってデスクに置く。

何とかいつもどおりにいられたことに僅かに安堵する。眼鏡をかけてなければ、動揺したのを見抜かれていたかもしれない。

あれから、八年たつのか。

本宮が自分を憶えていたことをどこかで嬉しく思っている自分がいて、憂鬱な気分になる。危惧したとおり、自分は今でも彼に囚われている。それを認めざるを得ない。

八年前のあの日も、先に声をかけてきたのは本宮だった。

名門私立の大鵬学園で、本宮は華やかな目立つグループの真ん中に当たり前のようにいて、人を寄せ付けないほど整った容姿を人好きのする笑みで押し隠している。そうすることで必要以上に敵を作らない、人の上の立つ人間が身に付けた処世術だ。

一方で、来栖佑月は孤高の人物のように思われていた。

透けるような白い肌、印象的な切れ長の眸。すべての感情を取り払ったかのような表情は、凛とした拒絶すら窺える。

実際に、佑月は同級生の誰とも親しい付き合いをすることはなかった。必要最低限の会話以外で彼が雑談に参加することはない。

親族が大企業の社長だとか大臣の孫やら、世界的な音楽家や第一線で活躍する芸能人の子弟も多く通う大鵬学園の中では、二人の背景は突出するほど特別ではないものの、本人たちの存在感は他を圧倒していた。それは中等部のころからそんな感じだった。

それだけに、その二人が同じクラスになったことで、周囲はざわついて、担任教師すら緊張していたほどだ。

それでも、そのうちに皆そんな光景に慣れてきたときのことだ。

昼休みに図書館に向かおうとする佑月は、数人の女子生徒に声をかけられた。

「来栖くん、ちょっといい？」

控えめに云ってもなかなかの美少女揃（ぞろ）い。中でも真ん中の女子は、印象的な大きな瞳のとびきりの美少女だ。著名な女優の愛娘（まなむすめ）で、今どきの十代女子が憧れる顔の上位にランクインする、目下美少女モデルとして売り出し中のリリカだ。

佑月が足を止めると、女子たちは辺りを見回した。中庭を横切る廊下には自分たち以外に人影はない。

「リリカが、来栖くんと付き合いたいって」

「ちょ、あっちゃん、ストレートすぎ」

「云い方！」

一緒にいる女子たちが場を和ませるように突っ込むが、佑月は顔色ひとつ変えない。

リリカって誰？　ていうか、なんで自分で云わない？　という疑問が佑月に浮かばないでもなかったが、彼が発した言葉は素っ気なかった。

「あー、ごめん。好きな人、いるんで」

「え……」

「そういうことで」

佑月が行きかけるのを、最初に声をかけたあっちゃんとやらが慌てて引き留めた。

「待ってよ。好きな人って誰？　同じ学校の子？」

「は？」

「そのくらい聞く権利はあるでしょ？」

佑月の眉がすっと寄った。

「いや、そんな権利ないでしょ」

ばっさりと斬って捨てられて、女子たちは茫然としている。

「ひ、ひどい…」

これまでこういう扱いを受けたことがなかったのか、やっと返した言葉がそれだった。

「きっつー」

「他に云い方あるよね」

「ちょっと顔がいいからって…」

なぜか責められて、佑月は呆れたように溜め息をつく。

「え、なに？　感じわるー」

あっちゃんが尚も云い募ろうとするのを、リリカが制した。

「あっちゃん、やめて」

リリカが大きな目から涙を溢れさせて、小さく首を振る。

「リリカ…」

「みんな、ごめん。ほんとにごめんね…」

うるうるした目で佑月を見る。

あーなるほどと、佑月は思った。こんな目で見つめられたら、たいていの男子は慰めたくなるだろう。そういう自分の魅力を充分わかっているのだ。

「えー、リリカが謝ることないよ」

「そうだよ。だいたい来栖が…」

その言葉を遮るように、中庭の芝生に寝転がっていた男子生徒が立ち上がった。

「ちょ…。誰…」

「え、本宮くん……」

本宮はおもしろそうな目で彼女たちを見た。

「なに？　揉め事？」

ポケットに手を突っ込んで、長い脚で垣根を越えた。

明らかに動揺しているリリカたちは、お互い顔を見合わせてそそくさとその場を去った。

「あれ、俺なんかまずいこと云った？」

本宮は薄笑いを浮かべたまま佑月を振り返る。

「……」

「あ、お礼はいいよ」

無表情の佑月にそう云って、ニヤリと笑う。

「…なんの礼だ」

「えー、だって困ってたみたいじゃん」

「べつに。面倒くさいなと思っただけだ」

佑月の言葉に、本宮は唇の端を引き上げた。

「云うねえ。さすがリリカの涙に屈しないだけはあるよ」

佑月は、そんな本宮を無視して廊下を渡る。その後を本宮は追いかけた。

「なあ、あんたの好きな人ってどんな人？」

「はあ？」

「いや、俺にも聞く権利ないけどさ、すっげ気になるじゃん」

佑月は露骨に嫌そうな顔をしてみせる。

「うわ、顔しかめても綺麗な奴は綺麗だなあ」

「……」

「すげえ美人がいるなと思ってたけど、近くで見るとあんたほんとに綺麗だな」

覗（のぞ）き込むように佑月を見る。

その瞬間、佑月は背中に電気が走ったような衝撃を感じた。

「毎日そんな顔見てたら、リリカに泣かれても動じないか」

「…近い」

佑月はそう返すのがやっとだった。

本宮のフェロモンなのか、そうではない別の何かなのかわからないが、それを無視できないでいるのだ。

「…好きな奴って女？　男？」

本宮は興味津々に佑月に詰め寄る。

「あんたに関係ないだろ」

「そうでもない」

本宮はふっと笑うと、佑月の耳元に囁いた。

「そんな奴より、俺と付き合えよ」

そんな戯言（たわごと）が、佑月の心臓に突き刺さった。

「…は？」

ややあって、ようやく佑月が反応した。

「何をふざけて…」

「ふざけてねえし。ていうか、俺は二股でもいいぜ？」

大人びた、悪い男の顔でそう云うと、挑発するように唇をぺろりと赤い舌で舐めた。

ぞくんと再び背中が震えて、佑月の頭に警告音が響き渡る。

直感的にわかった。この男は危険だ、自分から根こそぎ奪っていく。そんな漠然とした恐怖があった。

それなのに、佑月は動くこともできないでいた。

そのとき、本宮のケータイの着信音が鳴った。思わず本宮が舌打ちする。

佑月は金縛りが解けたように身体の自由を取り戻すと、急いで彼から離れた。

「あーあ、逃げられちゃったよ」

本宮はおもしろそうに呟（つぶや）くと、ケータイを取り出して発信者を見る。

「…こーちゃんかよ」

苦笑しながら、ラインを開く。

『帰り、〇〇寄らね？』

屈託のない買物の誘いに、速攻で返信する。

『コータ、あとで締める』

中指を立てたシールも一緒に送った。受け取ったコータはきっと意味がわからず、困惑していることだろうが、本宮はそんなことはどうでもよく、気持ちが浮き立つのを感じていた。

「ま、まだこれからだけどな」

呟いて、楽しそうに微笑んだ。


それから三日後のこと。

佑月が自宅の最寄り駅で電車を降りて改札を抜けると、自分と同じ制服を着たやたら目立つ長身の男が乗客の注目を浴びていた。

目が合う前に無視しようとしたが、既に遅かった。

「よう」

軽く指をかざして合図されてしまう。

「先回りしちゃった」

「…ストーカーか」

ぼそりと返して前を通り過ぎる。が、本宮はニヤニヤしながら後をついてきた。

「このへん、いいとこだね」

「…何か用か？」

「まあ、用はいろいろと……」

適当なことを云いながら、興味津々で周囲を見回す。

駅前はそれなりに人通りも多く、ちょっとないほどの美形のツーショットに思わず振り返って彼らを見ている。

「来栖って、いつもひとりだよね？　友達いねえの？」

「……」

「まあべつに友達とツルんでなきゃいけないわけじゃねえけど、あんた有名なわりには誰もあんたのことよく知らないんだよな」

確かに友達らしい友達はいない。それで不便を感じたこともないので、佑月は気にもしていなかった。

「原田(はらだ)がさ、中二のときからずっとあんたと同じクラスだけど、たぶん自分のこと知らないんじゃないかって云ってた。原田、知ってる?」

佑月は思わず苦笑した。

「そりゃまあ…」

「えー、知ってるんだ。あいつ喜ぶと思うぞ。自分のことは消しゴムと同じ程度にしか認識してないんじゃないかって、寂しがってたし」

「なんで消しゴム…」

「人に興味なさそうだからじゃね?」

それはそのとおりだが、佑月は否定も肯定もしなかった。

「だからさ、あんたのこと知りたければ自分で聞いてみるしかねえなって」

本宮は人好きのする顔で微笑んだ。その笑みのせいで、佑月はすぐにそれを跳ね除(の)けられなかった。

「この店、よさそう。寄ってかね？」

スタイリッシュなインテリアのカフェを指す。

「…今日はこのあと予定が入ってる」

視線を逸らして、ようやっと返す。

「そっか。じゃあ、あんたんちに着くまででいいか」

断られても気にすることなく、横に並びかける。

「それよか、俺のこと知ってるよな？」

「今更、それ云うか」

苦笑を返すと、本宮は意外に嬉しそうな顔をした。

「よかった。知ってる前提で話してたけど、実は名前知らないとか云われたらめちゃカッコ悪いよな」

中学のころから、同学年じゃなくても学内で本宮のことを知らない奴などいないはずだ。部活で活躍しているとか本人が芸能人とかでもないのに、存在だけがただ特別なのだ。

「来栖って、休み時間いつもケータイ弄ってるじゃん。何やってんの？」

本宮が自分のことを見ているとは思ってもいなかったので、不思議な感じがしたが、それには触れずにぼそりと答える。

「…読書」

「あー、電子で？」

「そう」

「へー、漫画とかも？」

「まあ漫画も読むけど」

「えー、読むんだ？　何が好き？　俺はさー…」

他愛ない話ではあるが本宮の話のテンポが軽快なせいか、佑月も何となく返事を返しているうちに、あっという間に家に辿（たど）り着いてしまった。

「あ、ここ？　へえ立派なお宅だねえ。如何（いか）にも旧家って感じ」

「……」

「んじゃ、またな」

本宮はそう云うと、爽やかに帰って行った。

クラスメイトなんだから、上がっていけばくらい云えばよかったのかもと佑月は思ったが、すぐにそんな考えを打ち消す。

あのときに感じた危機感を忘れてはいけない。フレンドリーに見えても、彼は何か企んでいる気がどうしても拭えない。

佑月が勝手口から中に入ると、庭師が仕事中だった。

「あ、佑月さん、お帰りなさい」

「ただいま」

来栖家は五人家族だが、この時間家にいるのは末っ子の佑月だけだ。

両親はそれぞれ仕事を持っていて、姉は留学中で、兄は実験三昧の院生のため大学の近くに部屋を借りていてたまにしか実家には顔を出さない。そんなわけで、昼間家にいるのは家政婦と庭師だけだ。

家屋よりも広い庭は維持するだけでも大変で、その費用は現状維持を条件に元の持ち主である父方の祖父から出ている。両親はどちらも大学教授だが、二人の稼ぎを足してもそこまでの余裕はなかったのだ。

佑月たち兄弟は、大鵬学園に通う一部のセレブ子弟のような金銭感覚が麻痺したような育ち方ではなく、充分に地に足のついた教育をされて育った。

「ただいまー」

玄関の扉を開けると、家政婦が佑月を出迎えた。

「お帰りなさい。お夕食、聡（さとる）さんが一緒されるとさきほど連絡がありましたよ」

「へえ、兄さんが。珍しいね」

佑月が高校に入ってからは、家族が揃って食事をすることは殆どない。だからといって別に仲が悪いわけではない。というか、むしろ仲は良い方だろう。佑月が小学校に通っているまでは、週末は家族が揃って夕食をとっていた。

自分たちが成長するのに従って少しずつバラバラになっていっただけのことで、それはそれで自然な形だと佑月は思っている。

その中で今は佑月自身は家で過ごす時間が長い。部活もしてないため下校時間が早く、帰宅したあとに出かけることは殆どない。月に二度のヴァイオリンのレッスンくらいだ。

ヴァイオリンは単なる趣味だが、兄姉がピアノを習っていたこともあって両親は彼にも楽器を習わそうとしたときに、兄が彼にヴァイオリンを勧めて今に至る。

中学を卒業するまではそれなりに真面目に取り組んでいたが、音楽で生活できるほどの才能がないことは自分でもわかっていたので、ある程度基礎ができたところで今は楽しみのために弾いているレベルだ。

いつものようにシャワーを浴びるが、どうしても本宮のことが気になってしまう。

「何のつもりだよ…」

二股でもいいから付き合えとか云っていたが、そんなことにのれるはずもない。

自分の容姿を特別だと思ったことはないが、世間的にはそういう評価を受けるらしいことは理解している。だからこそ、喋ったこともない女子生徒から付き合ってほしいと云われたり、本宮のようにゲイだかバイだか知らない男からも言い寄られたりするのだろう。

彼に云い寄ってくる相手は、自分の容姿に絶大の自信のあるタイプが大半で、そう云う相手に対しては他に好きな人がいると云って断るのが一番拗れることがないという兄のアドバイスからそうしているだけで、好きな相手など特にいない。

最初は興味がないと云って断っていたのだが、相手によっては自分こそが興味を持たせることができるという自信からか、とりあえず付き合ってみないかとしつこく云われる場合が少なくなかったのだ。

どっちにしろ彼らの目的は、自分と付き合うことでプライドが満たされるとか、仲間内に自慢できるとか、そういうくだらないことだろうと思っている。

本宮にしてもそれは例外ではないだろうが、問題は佑月の側にあった。

皆が云うように、本宮の吸引力は他のアルファの比ではなかった。彼は噂どおり、ααタイプのアルファだと佑月は確信していた。

たった数分話をしただけで、彼の少し癖のあるそれでいてよく通る声はいつまでも耳に残っている。なんだか無性に心地よいのだ。

あの声で名前を呼ばれたらやばい。

そんなことを意識すると、身体がかっと熱くなった。

佑月は慌ててシャワーの栓を開くと、頭から勢いよくお湯を被った。

何者なんだ、あいつは…。

並んで歩いていたので、彼の顔は殆ど見ていない。が、彼の視線はずっと感じていた。あの視線を正面から受け止めていたら、自分はそのまま攫われてしまったかもしれない。

「バカな…」

そんな自分の考えを打ち消すと、頭をぶるっと振って水しぶきを飛ばした。

バスルームを出ると、夕食までの時間をヴァイオリンの練習にあてることにした。

これはルーティンだが、今日は特に必要だと感じていた。集中することで本宮のことを頭から追い払えるからだ。

練習時間を減らしてからは、それまで以上に集中することで効率のいい練習を考えるようになった。より音を研ぎ澄ませる。そうしていると他のことを考える余裕はなくなる。

「邪魔してごめん」

いきなりドアが開いたと思ったら、兄の聡が入ってきた。

「兄さん？」

「ノックしたんだけどな」

「気づかなかった。…お帰り」

兄は佑月よりも五センチ以上は背が高く、すらりとしているが骨格も佑月よりはしっかりしている。鼻筋の通った派手な容姿で、如何にもアルファという見た目だ。

弓とヴァイオリンを持って両手が塞がったままの佑月は、兄にされるがままに強引にハグをされた。

「ただいまー。んー、ブラームス？」

「そう。わりと苦戦してる」

「…伴奏やろっか？」

「え？」

「この曲なら、前に頼まれて弾いたことあるから」

弟の返事も聞かずに、さっさとグランドピアノを開けて準備を始める。

「うわー、久しぶりなんだけど」

云いながら、軽快にスケールで指を慣らす。

三兄弟の中で聡が一番音楽の才能があったが、それよりも科学に興味が湧いて音楽の道には進まなかった。そのことで師事していたピアノ教師をひどく落胆させたが、兄は自分の才能で世界のトップオブトップを狙うのは無理だと見切りをつけたのだ。

佑月は兄のために書棚からピアノ伴奏用の楽譜を探し当てて、譜面立てに置いた。

人前では滅多に弾かない弟のヴァイオリンを堪能できるのは、兄の特権だ。

兄の佑月に対する溺愛ぶりは佑月が産まれたときからで、佑月もすっかりそれに慣れてしまっている。

二人は久しぶりの兄弟での演奏を楽しんだ。

「うわ、我ながらボロボロだ。やっぱりずっと弾いてないとダメだね」

「久しぶりにしてはちゃんと弾けてるんじゃゃない？」

「佑月は優しいなあ」

目を細めて愛しそうに弟を見ると、ふと思いついたように云った。

「なあ、僕が結婚するときには、披露宴で弾いてくれる？」

「…え、結婚すんの？」

「いや、仮定の話」

「なんだ」

佑月は、拍子抜けしたように肩を竦めてみせる。

「どっちにしても弾かないけど」

「えー、なんでよ。弾いてよ」

「やだよ。それ、けっこう痛い人だよ」

「そんなことないから」

「いやいや、兄の結婚式で弟が楽器弾くって絶対痛いよ」

弟は冷たく首を振って、ヴァイオリンをケースに戻す。

「なんなら僕が伴奏するし。タキシード着てさ」

「それもう痛い通り越して、寒いから」

呆れたように云って部屋を出る弟に、兄は並びかけた。

「…あれ？　佑月、身長伸びた？」

「いや、もう止まったんじゃないかな」

「百八十ある？」

「ギリギリかな」

兄は目を細めて、自慢の弟を見る。

「いい感じだね。ちょっと筋肉ついた？」

「筋トレ、毎日やってるよ」

「へえ。お腹割れてる？」

「割れてる、割れてる」

「見せてよ」

弟は苦笑したが、それでもシャツを捲ってうっすらと割れた腹筋を見せる。

「おー、頑張ってる」

聡は遠慮なく腹筋を撫で回す。これも兄の特権だ。

実は兄と姉とは異母兄姉だ。そして兄と姉とでも母親が違う。要するに三人は父親が同じで、母親はすべて違うわけだ。

それは何も父に愛人が複数いるとかではなく、少し複雑な事情があったのだ。

彼らの両親はどちらも旧家の出身で、ααタイプのアルファである。家同士が勧めた縁組ではあったが、そんなことは関係なく二人は会った瞬間に惹かれあって今に至る。

ααタイプとは、一言で云えばα遺伝子を色濃く反映したアルファのことである。

世の中の大半はベータで、ベータ社会であることは間違いないのだが、実はそれをリードしているのはααタイプのアルファなのだ。

アルファはααタイプとαβタイプがいて、数でいえばαβタイプが圧倒的に多いが、支配者階層とも呼べる層はその殆どがααタイプによって占められている。一般的にアルファといえばαβタイプを指し、それと区別するためにααタイプはデュアルと呼ばれている。

そのデュアルの数が年々減りつつある。

それは、デュアルの遺伝子が次世代に引き継がれにくいせいだ。

両親がアルファとベータの場合、高い確率で子どもはベータとなる。仮にアルファが産まれたとしてもデュアルとなる確率はきわめて低い。またアルファ同士であっても、それがαβタイプとデュアルとの間にデュアルが産まれる確率も二割程度とあまり高くない。

かつてはたいていの国には身分制度があり、同じ階層の人間同士の婚姻が当たり前のことだった。元々支配者階層はアルファが占めていたこともあって、一般民衆であるベータと交じり合うことはあまり多くはなく、ある程度数は保たれていた。

しかし身分制度の撤廃によってベータとアルファとの婚姻は当たり前のように急増し、その結果ベータが増え続け、アルファは減り続けることになった。

加えて、支配者階層間での婚姻は近親婚が少なくなかったせいなのか、デュアルの女性は妊娠しにくい傾向にあって、デュアルは減る一方だ。それでもデュアルにも希望はあって、それがオメガの中に少数存在するαオメガの存在だ。

デュアルの両親から稀に生まれるオメガのことで、見た目は典型的なアルファだが、男女両方の生殖機能を持つオメガをαオメガと呼ぶ。

αオメガは、アルファと性交すると高い確率で妊娠し、しかも高い確率でデュアルの子を産む。そのアルファがデュアルであれば、授かる子はほぼ百パーセントデュアルだということもわかっている。

佑月はそのαオメガだった。

佑月の両親は、お互いがααタイプということで、早いうちから産科医の指導の下、妊活を行っていたが、それでもなかなか子どもが授からなかった。やっと授かっても無事にこの世に産み出すまでには至らなかった。

五年以上もの不妊治療と何度かの流産や死産を経験した末に、二人は代理母に夫の遺伝子を引き継ぐ子どもを産んでもらうことにした。それは妻の強い希望からだった。

そんな経緯で、兄姉は体外受精によってそれぞれ違う母親から誕生したのだ。

その数年後、二人は奇跡的に自分たちの子を授かった。早産ではあったものの無事に出産したその子は、αオメガだった。

αオメガはデュアル以上に希少で、それゆえ大事にされている。身分制度があった頃はアルファより格上とされていたくらいだ。今も上流階級ほどそういう考えが残っている。が、それは秘密にされるのが普通だった。状況によっては利用されることもあるからだ。

それは佑月も同様で、親族にすら公表せずに大事に大事に育てられた。

「お、筍(たけのこ)ご飯！　嬉しい」

兄は久しぶりの手料理を、大袈裟に喜ぶ。

「たくさん召し上がってくださいね」

家政婦が嬉しそうに微笑む。

「学食でも筍フェアとかやってるけど、やっぱりうちのは格別だな。それに学食に鯛の塩焼きとかもないし」

聡はほうっと溜め息をついて、桜鯛の塩焼きの身をほぐす。

「兄さんももっと頻繁にご飯食べに戻ってくればいいのに」

「そうしたいんだけど、全然時間なくてさ。しかもうちの学部、めちゃ郊外に移転したもんだから下界に出るのもひと苦労よ」

「車あるんでしょ？」

大学の進学祝いに母方の祖母がプレゼントしてくれたフランス車には、佑月も何度も乗せてもらっている。

「車もあんまり乗ってないなあ。構内にひととおりのものが揃ってるから、どうしてもってとき以外に出なくても済むのが難点だよな。もう面倒だから学内で済ませるかってなっちゃう」

そんなことは云っているが、きっと一人暮らしのマンションには入れ替わり立ち代わり女性たちが訪ねてきているのだろうと佑月は思っていた。そのくらい兄はモテる。

「それはそうと、佑月は大学どうすんだ？」

「まだ決めてないけど、地政学に興味あるかな」

「地政学か。うちの大学に今話題になってる先生がいるけど」

「そうそう、片山先生。あの先生の本は全部読んだよ」

「実はさ、うちの大学の国際政治学の教授、ここ数年でかなり入れ替わってて、片山先生のような若い人が増えてるらしい。今の学部のトップが、外務省からの天下りは入れないように頑張ってるって聞いたことあるよ。外交官ってろくに研究もしてないくせに、現場の経験とやらで研究者押し退けてポストとっていって、迷惑するのは学生なんだよな」

　聡は溜め息をつきながら、それでも旺盛な食欲で既に筍ご飯をおかわりしている。

　大学や研究機関が、元官僚を引き受けるのは、国からの補助金に関して有利に取り計らってもらうのが目的だ。天下りを制限するシステムはあるが、抜け道はいくらでもあるのだ。

「文系はそういうの多いね。元ジャーナリストとかさ」

「多いねえ。研究を舐めてんだよな。そもそも日本のジャーナリストって専門性低いだろ。勉強してる人ってほんの一握りだし。科学系ジャーナリストになると殆どが学部出身だからろくに理解してない。そのくせ記事の確認を拒むんだよな。記事の公平性とか云って。わかってないなら科学的な間違いくらい訂正させろって」

聡は忌々しそうに云って溜め息をつく。

「あんなのに、貴重な教官のポストを奪われてると思うとむかつく。でもこれからは論文重視になるはずだから」

「いい傾向だね」

「まあ、当たり前のことなんだけどね」

そう云って、兄は何かを思い出したようだった。

「そういえば、先週からうちの研究室に入った留学生が某国の王室育ちで、見るからにデュアルだったよ。まだ十七歳の天才少女で、ピカピカの美少女だよ」

「兄さん、早速手を出したんじゃ…」

「いやいや、十七はまずいでしょ。しかも王室だよ」

聡はそう云いながら、一緒に撮った画像を見せた。

「…確かに美少女だね」

「紹介しよっか？」

兄が窺うようにちらりと佑月を見る。佑月は思わず苦笑して首を振った。

「一度遊びにおいでよ。二人が揃ったとこ見てみたい」

「何云ってんだか。…そういえばうちのクラスにもデュアルいるよ」

佑月はぽろっと云ってしまった。

「え、美少女？」

「いや、男だけど」

兄の眉が僅かにひそめられる。

「まさか、バレたとか…」

佑月がオメガであることを知っているのは、家族の他にはそれぞれの祖父母だけだ。

「いや、全然」

兄は露骨にほっとした顔を見せた。

「ならいいけど…」

必ずしもいいわけではなかったが、佑月はそれ以外のことは云わなかった。

兄が心配するのも当然で、αオメガを利用しようと考える者は多いのだ。ααタイプの跡取りを渇望する人たちにとっては、αオメガの存在はこれ以上ないほど魅力的だ。

過去にααタイプを産ませるためにαオメガを誘拐拉致したというケースは頻繁に起こっている。それゆえ、αオメガの存在はごく一部のあいだで秘密にされるのが普通だ。

「けど、デュアルって云われてても実は違うってのが大半みたいだけどね。僕もけっこうそう思われてるみたいだし」

聡はαβタイプだが、ααタイプの父親の影響を色濃く受けているのでどうしてもそう見られがちなのだ。

それでも佑月は本宮がααタイプであると思っている。本人に聞いたわけでもないのに、なぜか確信を持っている。佑月は本能的に察知していたのだ。

しかしそのことは兄には云わないでおいた。余計な心配をかけたくなかったのだ。

「そういえば、彩香と連絡とりあってる?」

彩香は聡にとって異母妹だ。

「姉さんはマメにメールくれるよ。今は試験が忙しいみたいだけど」

「そっか。彩香は帰国したらお祖父さまの会社に入る気なんだろ?」

「そのための留学みたいだし」

「佑月はそっちは行かないつもり?」

佑月はきっぱりと首を振る。

「絶対向いてないと思う」

「でもないと思うけど。ま、彩香は向いてるよな」

「姉さんも向いてるけど、僕はむしろ兄さんが後を継ぐんだと思ってたんだけど」

聡は笑って、手を軽く振る。

「ないない。あんなプレッシャーのかかる仕事、よくやろうなんて思えるよ」

兄はプレッシャーにも強く、研究職よりも経営に向いていると佑月は思っているが、本人が研究の方が好きなのだから外野がどうこう云っても仕方ないのだろう。

そう思って、ふと本宮のことを思い浮かべてしまう。彼も兄と同じように人の上に立つのが向いているように思うが…、とそこまで考えてちょっと顔をしかめる。

「…なに？　僕が継がないのが不満？」

「え…、そうじゃないよ」

「彩香も一時怒ってたな。とはいえ、怒られてもなー」

変な顔をしていたせいで、兄に誤解されてしまったではないか。

「姉さん、もう怒ってないよ。兄さんが真面目に研究してるから見直したみたいだし」

「彩香に見直されてもな。それにそのわりにはメール来ないけど」

「それは兄さんが送らないからじゃない？」

「それはそうか」

兄姉は仲が悪いわけではないが、佑月が産まれたときからどちらがより弟を可愛がるかのライバルなので、複雑な関係なのだ。

「まあ彩香が会社を大きくしてくれたら、将来、株の配当も増えるから、やっぱり今のうちにご機嫌とっておいた方がいいな」

そんな気などさらさらないくせに、聡はそう云って笑ってみせた。


翌朝、大学に戻る兄が学校まで送ってくれることになった。

「駅の近くで落として」

「了解」

兄はサングラスをかけて、アクセルを軽く煽(あお)った。

聡の運転は少々荒いが、弟を乗せているときはいつもより慎重だ。

「あー、なんか懐かしい光景だな」

学校が近づいてくると、歩道を急ぐ制服の学生を見て目を細める。聡もかつて同じ高校に通っていたのだ。

「このあたりでいいよ」

学校にほど近い交差点で、佑月は兄に声をかける。

「あ、ちょうど信号変わるから」

横断歩道の前で停車すると、サイドブレーキをかける。

「気を付けろよ」

左ハンドルなので、助手席から降りると車道に出ることになる。

佑月は急いで車を降りると、歩道に回った。

「兄さん、ありがとう」

「うん。いってらっしゃい」

窓を全開にした兄は、サングラスを少しずらして弟に微笑みかける。

制服の学生たちが横断歩道を渡りながら美形の兄弟をガン見しているが、聡は一向に気にすることなく、窓から腕を伸ばして弟の頬に手を触れた。

「また近いうちに帰るな」

「うん。またメールするね」

学校では見せたことがないような柔らかい笑みで、兄を見送る。

それがちょっとした騒ぎになっているとは佑月はまったく想像もしていなかったが、昼休みにいつものように図書室に向かうときに、本宮から声をかけられた。

「あんた、やるじゃん」

揶揄(からか)うようでいて、ちょっとむっとしているような顔だった。

「朝帰り？　俺でも目立つとこではやらないのに」

「は？」

「真っ赤なプジョーで目立ちまくってんだけど。すっかり噂になってるから、そのうち生活指導から呼び出し食らうんじゃね？」

「噂？　なんの？」

「朝帰りで、彼氏に学校まで送ってもらうってのはさすがにまずいだろ。やるならもうちょっと目立たない場所選ばないと」

佑月は呆れたように溜め息をついた。

「家族に送ってもらったくらいで呼び出しか？　送迎禁止地帯では停めてないのに？」

「…家族？」

「兄だよ。うちの卒業生だから、知ってる先生も多い」

「兄？　俺も兄貴いるけど、あんな目で見られたことないぞ？」

それにはさすがに佑月も苦笑した。

「確かに兄の愛情表現はちょっと大袈裟かもな」

そう返して行こうとすると、本宮が並びかける。

「あんたの兄貴、雰囲気出しすぎじゃね？」

「まあそれは否定しない」

「あんな度外れたイケメンが、朝からあんな場所でラブラブしたらそりゃ目立つだろ」

なるほど、本宮から見ても兄は度外れたイケメンなのかと納得した。

「写真撮った奴がグループラインに回して、それが流出してめちゃめちゃ出回ってるぞ？」

「なんだそれ…」

「撮った奴はやばいと思って削除したみたいだけど」

「…あんたもそれを見たってこと？」

「まあ、そうだ。あ、保存はしてないぞ？」

佑月は呆れたように首を振った。

「生活指導に呼ばれるとしたら、写真撮ったり、それを流出させた奴じゃないのか？」

「それはそうだ。けど、写真を撮っちゃった奴の気持ちもわからなくもないな」

本宮だって日頃から撮られる側のくせに、何を云ってるんだろうかと佑月は思う。

「…兄に興味があるなら紹介するけど？」

佑月はついそんなことを云ってしまった。

それを聞いて、本宮は露骨に眉を寄せてみせた。

「はあ？　なんで俺が…」

「違ったか？」

「俺が興味あるのはあんたなんだけど？」

人影のない図書室前の廊下で、本宮の目が光った。

「あんたの兄貴ってデュアルだろ？　如何にもそんな感じじゃないか」

「……」

佑月は否定も肯定もしなかった。それを肯定の意味に受け取ったのか、本宮の眉間がぴくりと震える。

「だったら、殺し合いしかないぞ？」

ピリピリとした空気を隠そうともせずに、更に目が怪しく光る。

佑月はそれを直視してしまって、いきなり心臓を掴（つか）まれたような衝撃を受けた。

「…デュアルのオス同士なんてたいていそんなもんだろ」

本宮の剥（む）き出しの本能に、佑月は圧倒された。

こんな男に捕まったらズタズタにされる、そんな恐怖を感じた。

それでも、佑月はそれに立ち向かうべく相手を正面から見返した。

「へえ…」

本宮にまとっていた禍々（まがまが）しい空気がふっと霧散して、どこか人好きのする顔でにやりと笑ってみせると、ぺろりと自分の唇を舐めた。

それを見た佑月の背中がぞくぞくと震える。

「やっぱ、あんたいいよ」

「……」

「あんたはデュアルじゃないだろ？」

それにも答えなかったが、どうやら佑月がオメガだとは想像すらしてなさそうだ。それも無理はない。αオメガの外見にオメガっぽさはまるでない。そもそもαオメガの存在に関しては、都市伝説扱いする人もいるくらいだ。

佑月は彼を無視して図書室に入ろうとしたが、鍵がかかっていた。

よく見ると、『臨時閉室』の札が出ている。

「あれ、閉まってんの？」

「閉室日だ」

月に一度の閉室日を忘れていたのだ。

諦めて引き返そうとする佑月の腕を、本宮が掴んだ。

「な……」

「タイミングよすぎ…」

唇に笑みを浮かべると、鍵がかかったドアに佑月を押し付けて、強引に唇を奪った。

押し付けられた唇は、吸うように佑月の唇を味わう。

本宮のキスは巧みで、佑月はそれに翻弄されかかっていた。

少し乱暴な本宮のキスは情熱的でもあって、佑月の歯列を割って舌を入り込ませてくる。

まずいと頭ではわかっているのに、身体に力が入らない。ふと、微かに匂いのようなものを感じて、頭がクラクラしてくる。

本宮の舌が佑月の舌にからまって、更に追い詰められる。

「や、やめ……」

何とか力を振り絞って、本宮を押し退ける。

「ふ、ふざけんな……」

「ふざけてないし。そっちも気持ちよさそうだったし」

カッと佑月の頬に赤みが差した。

「もしかして、初めて?」

佑月は本宮を軽く睨み付けると、黙ってその場を後にした。

「マジかよ。燃えるな」

本宮は佑月の唾液で濡れる自分の唇を長い指で拭った。

一方、佑月は自分が信じられなかった。抵抗できずに好きにさせてしまったことで、自分に腹を立てていた。しかも、本宮の云うことがいちいち事実だったことにもむかつく。だからと云って、それを認めることなどできるはずがない。

とにかく何もなかったように振る舞うこと。どれほど動揺していたとしても、それを気取られてはならない。

冷静さを取り戻して教室に戻ると、いつものようにスマホで読書を始める。

ちょうど本宮も戻ってきて、全神経がそちらに集中したが、それでもそれが表情に表れることはなかった。

本宮も教室の中では佑月に接触しようとしなかったので、佑月は内心ほっとしていた。

あんな醜態を晒(さら)すことは二度とない。佑月はそれを自分に誓った。


その日は珍しくスーツを着て、佑月は某ホテルの玄関でタクシーを降りた。

母方の祖母の個展がそのホテルで開かれていて、顔を出すことを母に頼まれたのだ。

両親は二人とも学会、姉は留学、兄も実験が佳境で研究室を離れられないということで、佑月にお役目が回ってきたのだ。

日本画が趣味である祖母が個展を開くのは初めてではないが、親族はその都度それぞれの家から誰かがお祝いに出向くことが恒例になっている。

会場の入り口で祖母を探していると、叔父と一緒にいる祖母がすぐに佑月を見つけてくれた。

「お祖母さま、個展おめでとうございます」

母が用意しておいた花束を渡すと、祖母は目尻を下げて歓迎した。

「佑月ちゃん、まあまあ立派になって」

和装の祖母は佑月をぎゅっと抱きしめる。

「みんな来られなくてごめんなさい」

「いいのよ、佑月ちゃんが来てくれたら。それに聡くんは先月ドライヴに誘ってくれたのよ」

さすが兄は抜け目がない。祖母は兄の所属する研究グループに出資もしてくれているので、大事なスポンサーなのだ。それに兄のプジョーは祖母からのプレゼントなので、たまのドライヴくらいは当然と云えば当然かもしれない。

佑月が祖母に腕を貸すと、祖母は恋人のように腕をからめた。そんな祖母に案内されてゆっくりと作品を鑑賞する。

趣味のレベルを超えた作品がいくつもあって、佑月が気に入った作品の感想を云うと祖母は少女のように微笑む。終始ご機嫌で佑月の感想を聞きながら、ときおり絵の背景を説明してくれた。

ひととおり会場を回ったあとも、すぐに帰るのも無粋なので、従兄と少し話したり、控室で祖母とお茶をしたりした。これでお役目は充分果たせたと思って、祖母に暇を告げる。

祖母も名残惜しそうにしながらも、思った以上に佑月が長居してくれたので、納得して見送ってくれた。

今日は両親も帰宅しないので、家政婦には休みをとってもらっている。夕食は適当にどこかで済ませるつもりで、その前に本屋にでも寄ろうかと思っていた。

混雑しているエレベーターを避けて階段で一階まで下りてロビーを横切ろうとしたときに、さっき既に挨拶した叔母たちと居合わせた。

「あら、佑月ちゃん、もう帰り？　お茶でもどう？」

「え、いえ……」

「お姉さんたちの様子、聞かせてよ」

兄からこの二人の叔母には気を付けるよう云われている。世話好きが高じて、やたら縁談を勧めてくるらしいのだ。

「おかげさまで、元気で忙しくしてます」

「今日も学会ですって？」

「そうです。準備も大変だったみたいです」

「まあそんなんじゃ、佑月ちゃんのことも放ったらかしでしょ」

「私たちに任せて。ぜひお勧めしたいお話があるのよ」

ああ、やっぱり兄の忠告どおりだった。それなのに二人にぐいぐい攻められて、佑月は圧倒されてしまう。

「良家のお嬢様ばかり。今なら選(え)りすぐりよ」

「や、あの、僕まだ高校生なので…」

たじたじになりながら、それでも佑月は何とか返した。

「あら、何云ってるの。こういうことは早い方がいいのよ」

「すぐに決めることはないけど、とりあえず何人かのお嬢様と会っておくのもいいと思うのよ」

二人は佑月がオメガであることを知らないこともあって、アルファ同士の婚姻を勧める自分たちに何の疑問も持っていないのだ。

「こんなところで立ち話もなんだから…」

「そうね。男の子だからお茶よりもお食事の方がいいかしら」

「天ぷらとか鰻(うなぎ)？　ステーキもいいわね」

佑月は叔母たちの迫力に呑まれそうになっている。そのとき、自動ドアが開いて入ってきた男に目が釘づけになった。

信じられなくて、そこから目を離せない。あまりにもじっと見ていたせいで、相手も佑月の視線に気づいたようだ。

一瞬意外そうな顔をしたが、ふっと目を細めて見せた。

佑月は反射的に彼に向かって手を挙げていた。

「本宮…！」

彼は問いかけるような顔をしたが、すぐに佑月に近づいてきた。

「お、遅かったな」

ぼそぼそと云うと、佑月は叔母たちに聞こえないように本宮の耳元にそっと囁いた。

「話、合わせて」

「へ？」

「叔母さん、すみません。今日はこのあと彼と約束してて。映画でも見ようかって」

ちらっと本宮を見る。

本宮はそれで何かを察したのか、叔母たちに向けて人好きのする笑みを浮かべてみせた。

「初めまして。本宮です」

微笑みながら、丁寧にお辞儀をしてみせた。

「来栖くんとは同じクラスで親しくさせてもらっています」

ふだんチャラけていても、こういうときの挨拶は堂に入っている。ネクタイは着けてないもののラフなスーツ姿で、とても高校生には見えない。

叔母たちも、圧倒的なオーラに何も反応できないでいる。

「叔母さん、そんなわけで…。すみません」

佑月が申し訳なさそうに頭を下げると、二人とも佑月にお見合いを勧めることを諦めて、彼を解放してくれた。

「助かった」

ほっとして、思わず口から出た。

「なんなの？」

「あ、話し合わせてくれてありがとう。ほんとに助かったよ」

「見合い抜け出してきたとか？」

「は？　違うよ」

「だったらなんでそんなカッコしてんの？」

「ああ、これは祖母の個展があって…」

「個展？」

「日本画の…」

本宮はふーんと呟くと、ポケットからスマホを取り出してメッセージを確認する。

「あーあ、帰っちゃった」

「え？」

「遅刻は一分でも待たないってさ」

「…それはもしかして、僕のせい？」

佑月は窺うように本宮を見る。

「まあそうかな」

佑月の顔色が変わった。

「ご、ごめん。あの、僕が事情を話して謝っても…」

「いや、そこまですることは…」

「待ち合わせ場所、どこ？」

「ここのガーデンテラスだけど…。もうタクシー乗ったって」

「……」

「そもそも、ギリギリだったのが気に入らないらしくて…。まあいいんだけど…。それよか食事を二人分で予約してるんだよなあ。今からキャンセルもできないし…」

そう云うと、じっと佑月を見た。

「…来栖、付き合ってよ」

「え……」

佑月は躊躇したが、それでもいきなり足止めさせたことの責任はある。それと同時に、彼女とホテルで待ち合わせをしていたというリアルな状況に、少し引っ掛かった。

そりゃ本宮なんだから、彼女くらいいるだろう。しかし、それならなんで自分にあんなキスをしたのか。

「…いいけど」

そう返してしまっていた。

「ほんとかよ?」

本宮の目が嬉しそうに見開く。その反応が意外で、佑月はちょっと面食らった。

「いいスーツだね。制服しか見たことないからなんか新鮮だな」

「……」

佑月はどう反応していいのか戸惑ってしまう。

「じゃあ、ちょっと待ってて」

そう云うと、本宮はフロントに向かった。

チェックイン? ということは、食事のあと彼女と泊まるつもりだったのだと今更のように気づいて、またそれにも引っ掛かった。そりゃ本宮が清い関係で交際してるはずもないだろうし、あの慣れたキスを思えば相当場数を踏んでいることは明白だ。

いやいや、今それを考えるのはなしだろ。

暫く(しばら)すると、本宮がホテルのスタッフと一緒に戻ってきた。

「ご案内いたします」

スタッフが二人を促す。これは部屋に案内される体(てい)だ。

「…食事だって云ったよな？」

佑月は小声で聞いた。

「ああ。部屋食なんだ」

「…ホテルで？」

「そう。専属のシェフが部屋のキッチンで作ってくれる」

スタッフはエレベーターの扉が開くと、二人を促す。

「昨年から始めたサービスで、ご好評いただいております」

そう云って、ビジネススマイルを浮かべる。

部屋でということで佑月は少し迷ったが、シェフがいるということは二人きりではないわけだからと、黙ってついていくことにした。

エレベーターは他の客も乗っていて、本宮は俯いてスマホに何か打ち込んでいる。

もしかして、彼女に詫びを入れているのかもしれない。そう思うと、何かおもしろくない。

え、…おもしろくないとは？　佑月は眉間に皺を寄せると、小さく首を振ってそのことを考えるのはやめた。

「左手にお進みください」

廊下を進みながら、なんで自分はこんなところにいるのかと佑月は少し不思議な気持ちになってしまう。

部屋はスイートで、リビングルームのテーブルは既にセッティングがされている。

自動でブラインドが上がると、足元まである窓の外は美しい夜景が広がっていた。

「へえ、なかなか綺麗だな」

本宮がそう云うので、佑月も窓に近づいてみる。

「…もしかして、高所恐怖症とか？」

「いや、違うけど」

「そうなの？　あれってKビルだよな？」

「いや、それだと方向がおかしくないか？」

「えー、じゃあなんだと思う？」

二人が夜景を見てあれこれ揉めていると、インターホンが鳴ってシェフ一行が入ってきて、入れ違いで案内のスタッフは出ていった。

「今更だけど、メインはリブステーキなんだけど平気？」

「もちろん」

「それはよかった」

二人は未成年らしく飲み物はペリエを選択して、前菜から味わう。

「来栖って待ち合わせで遅刻されたら、何分まで待つ？」

来栖は目線を上げてちらと本宮を見た。

「…場合によるんじゃ。その先の予定が決まってることなら、それに間に合うギリギリかな」

「決まってないときは？」

「まあ、来るまで待つんじゃない？」

本宮は意外そうに佑月を見た。

「へえ？」

「決まってないってことは会うのが目的なわけだろ。だったら待つんじゃないか？」

「……」

「とりあえずいつになるのかの連絡はほしいけど」

「…そうなんだ。けっこう寛容だな」

「いや、遅れたら土下座する勢いで謝ってほしいとは思ってる」

本宮はそれを聞いて、思わず目を細める。

「あんたを待たせる奴もいるんだ」

実際のところ、佑月が誰かと待ち合わせるようなことは滅多にない。待たされた相手といえば、もしかしたら兄くらいかも…。

そんなことを考えていると、カウンターキッチンの向こうから肉の焼ける香ばしい匂いがしてきている。

給仕がワゴンを押してテーブルまで運ぶと、その場で切り分けてくれた。

「…美味(おい)しそう」

佑月が思わず呟く。

二人はカットされた肉をあっという間に食べ尽す。それでも足りないのか、本宮は骨に残る肉をナイフでこそぎ落として、ワイルドかつ上品に平らげた。

「骨に近いとこが美味(うま)いんだよな」

本宮はそう云って、肉汁のついた指を舐めた。その仕草がどこかセクシーで、佑月はどぎまぎしてしまうのを悟られないように目を伏せた。

「来栖は、ラム肉好きなんじゃない？」

「え…？　まあ、好きだけど…」

「ラムはフレンチもいいいんだけど、俺はジンギスカンも好きだな」

「それはわかる」

本宮の目がぱっと輝く。

「ほんと？　いい店知ってるんだ。今度行かない？　奢るよ」

悪戯っぽい笑みを浮かべて、佑月をじっと見る。

テーブルを挟んだ距離で見つめられて、佑月は動揺を押し隠すことができずにそっと目を逸らしてしまった。

「…来栖って、可愛いよな」

「は？」

「反応が素直でさ」

そう云って満足そうに微笑む。

揶揄われているような気がして、佑月はちょっと顔をしかめる。

それを見て、本宮はさらりと話題を変えた。

「付き合ってくれてよかった。これひとりだといろいろきついだろ」

「…食べきれない分は持って帰ればいいんじゃ」

「いや、そういう意味じゃなく」

「そういう？」

「このシチュエーションでひとりってのがさ」

佑月は不思議そうに本宮を見る。家での夕食はだいたい一人なので、それが味気ないと思ったことはない。

「…僕はわりと平気だけど？」

「え、そう？」

本宮は苦笑を浮かべただけだった。

「それより、僕の分の支払いはどうしたらいい？」

佑月は心配そうに聞いた。

「いや、いらないよ。誘ったのこっちだし」

「そうは云っても…」

「いいからいいから。気になるなら、今度ジンギスカン奢ってよ。それでチャラな」

「や、それは…」

「いいじゃん。あんたも奢られっぱなしは嫌なんだろ？」

「それはそうだけど…」

「よし、決まりね」

強引に決めて嬉しそうに微笑むと、べたつく指先をおしぼりで拭って、スマホのスケジュール表を出した。

「いつがいい？　来週の土曜空いてる？」

「……」

「とりあえず土曜に予約入れるね。都合つかなかったら変更できるし」

佑月が迷っている間にどんどん決めていく。強引なのになぜか嫌な感じは与えない。イケメンの特権なのか、ααのせいなのか。

本宮は根掘り葉掘り聞くわけでもなく、それでもさりげなく佑月に質問してスマートに共通の話題を広げていく。こういうのをコミュニケーション能力が高いというのだろうかと、佑月は少し感心した。

兄の聡にもちょっと似ていて、とにかく飽きさせない。

あっという間にデザートまで食べ尽くして、食後のコーヒーまで行き着いてしまった。控えめに云っても楽しい時間だったことを、佑月も認めないわけにはいかない。

キッチンでは、既に後片付けも終わっていて使用済みの食器をワゴンにまとめ始めている。

シェフが挨拶に現れたときの本宮の対応は、高校生とは思えない慣れたものだった。

スタッフたちが部屋を出ていって二人きりになってしまって、佑月はどことなく落ち着かない。それでも、本宮との時間が心地よかったせいで、もう少し話をしていたいと思ってしまっているのだ。

「コーヒー、おかわりあるよ」

本宮は空になった佑月のカップに注ぐと、自分の分も淹れた。

「それよか、まだラインのアカウント聞いてなかったよな?」

さらっと聞かれて、その場で交換することになった。

本宮からは早速意味のよくわからないスタンプが送られてきた。

「何これ…」

「さあ? 作った友達から流行らせてくれって頼まれててさ」

「……」

「それよか、さっき給仕の人が云ってた動画見てみないか?」

ドローン撮影による動画のコンテストで、ホテル利用者も投票できるので是非見てみてほしいと云われていたのだ。一本が一分半と短く、公平のために順番はランダムになるようプログラムされている。

本宮は佑月の返事も聞かずに、大型のスクリーンに動画を映し出した。

画面は雪山をスノーボードで滑り降りてくる瞬間で、ドローンならではの迫力と編集のうまさに、佑月もつい見入ってしまった。

次の動画は、サーキットでの複数車によるテストランをドローンが追いかけている映像だ。

「これはプロだな」

「凄いな、カメラマンの技術が」

「テストドライバーの腕も凄いけど」

いつの間にか二人はソファに座って動画を追っていた。そして、半分くらいは途中で飛ばしたりしたものの、結局最後まで見てしまった。

「もうこんな時間！」

時間を確認して、佑月はちょっと慌てた。

「今日は楽しかったよ。ありがとう」

「まあまあ、そんな急いで帰るなよ」

本宮は立ち上がりかける佑月の腕を掴んで、引き戻す。

そして佑月の指に自分の指を絡めた。

「な……」

「ご飯だけ食べて終わり？　冷たくない？」

絡めた指にぎゅっと力を込めて、じっと佑月を見る。

佑月はその手を振り払うことができなかった。蛇に睨まれた蛙のように動けないのだ。

「ほんと、綺麗な顔してんだよなあ」

うっとりと呟くと、ふっと目を細める。そして、佑月の薄い唇に口づけた。

吸うように何度も唇を味わう。年齢のわりには場数を踏んだ本宮のキスは、経験の乏しい佑月を簡単に翻弄してしまう。

歯列をこじ開けて舌を中に差し入れると、佑月の舌に絡みつかせる。

佑月は何とか抵抗しようとするが、身体に力が入らない。

「来栖って、めちゃストイックに見えて、実際はこういうの嫌いじゃないんだよね」

本宮は、佑月のネクタイを緩めながらそう云って笑った。

呆れるほど鮮やかな手際で佑月の服を剝いでいく。

「思ったとおり、綺麗な身体だな」

本宮は佑月の陶器のような白く滑らかな肌に、すっと指を這わせる。

「あ……」

自分でも耳を疑うような甘い声を上げてしまって、佑月は慌てて唇を噛んだ。

「…しかも感度もいい」

本宮は実に嬉しそうに、ふっと微笑む。

佑月はようやく自分の醜態に気づいた。二度はないと誓ったはずなのに、これはいったいどういうことなのか。

「は、離せ……」

「冗談。これからでしょ」

本宮はテーブルのリモコンで部屋の照明を少し暗くすると、自分もシャツを脱ぎ捨てた。

その本宮の裸体に佑月は目を奪われた。自分と同様に割れた腹筋と筋張った二の腕。自分以上に筋肉質であるものの、男の裸に見とれたのは初めてだ。

この感情は何だ？　彼がααタイプだから？　自分がオメガだから？　それとも他に何か理由が？

「ほんとは明るいとこで堪能したいんだけど、さすがに可哀想だしね」

「なにが……」

その言葉を塞ぐように、本宮は再びキスをする。さっきより更に深く。

佑月はもう息をするのがやっとだ。

佑月の方はそのくらいにギリギリなのに、本宮は余裕綽々(しゃくしゃく)で。そんなキスをしながら佑月の乳首を弄び始めている。

「や……」

ゆるゆると抗うが、それはなんの妨げにもなっていなかった。

本宮は佑月の乳首を舌で転がす。

「ピンクに染まってる…」

薄暗い中で、薄桃色の裸体がどこか煽情的に浮き出す。その滑らかな肌を、本宮は大きな掌で撫で回した。

さっきからずっと、本宮からはうっすらとフェロモンが出ていて、それが佑月にまとわりつくのだ。フェロモンを嗅いでしまうと、身動きがとれなくなってしまう。そしてもっともっと嗅ぎたくなってしまうのだ。

ぎりぎりのところで理性を手放さずにいられたが、それでも振り切ることもできない。

どっちにしろ、抵抗らしい抵抗をしないということは、本宮にとっては受け入れているも同然のはずだ。

本宮は、佑月のズボンを膝まで下げて真ん中で屹立しているものを下着越しに愛撫する。

「もうこんなになってる」

「ば……か…」

語尾が引きずるように甘い。佑月はそれが自分の声だとは信じられずに愕然とした。これでは誘っているようなものだ。

「あんた…、やばいよ…」

やや掠れた声で囁くと、本宮は佑月の下着をずり下げる。佑月のペニスが勢いよく跳ねた。

恥ずかしくて逃げ出したいけど、同時に快感が上回って本宮の手を振りほどけない。自分はこんなにも自制心がなくて、流されやすいことを初めて知った。とにかく、他人の手で扱かれることがこんなにも気持ちいいとは。

「おい、顔隠すなよ」

それでも佑月は両手で顔を覆ったまま、首を左右に振った。

そんなの、無理に決まってる。

「あッ……」

佑月は短い声を上げて、あっけなくイってしまった。

「…あんた、すごいエロいな」

佑月の放ったものをティッシュで拭うと、本宮は彼にキスをしようとする。

「や……」

顔を背けて嫌がる。

「そんなに恥ずかしがらなくても…」

佑月はもう何がなんだかわからない。ただふるふると首を振る。

「可愛いな」

そう云うと、いきなり佑月を抱き上げた。

「ちょ……」

「暴れるなよ。落ちるぞ」

身長は五センチほどしか変わらない。それでも本宮は軽々と佑月を抱いて、ベッドルームまで移動する。

あの裸体を見たときに予想はついていた。自分とは骨格が決定的に違う。細身に見えてもインナーマッスルを鍛えているらしく、見た目よりも筋肉質だ。恐らくウエイトは佑月より十キロ近く重そうだ。

ふと、本宮のフェロモンが少し変化したように佑月には感じた。

さっきよりも濃いオスの匂いだ。

怖くなって、ベッドに投げ出された佑月は慌てて身を起こした。

「…か、帰る……」

それを、本宮はうっすら笑って見下ろした。

「まだこれからでしょ？　俺、ガチガチなんだよね」

ベルトを外すと、見せつけるようにジッパーを下ろした。

佑月は目を逸らすと、ベッドを出ようとする。

「自分だけ気持ちよくなっておいて、それはないんじゃない？」

本宮は易々（やすやす）と佑月を組み敷くと、彼の手をとって自分の硬くなったペニスを下着越しに握らせた。

「…あんた、こういうの初めてだよな？」

佑月は本宮とは目を合わせない。合わせられないのだ。

「いいけど、答えなくても」

楽しそうに微笑むと、佑月の手を解放してやる。

下着ごとパンツを脱ぎ捨てると、再び佑月を組み敷いた。

「や…め……」

佑月の全身が緊張する。

「そんな怖がるなよ。初めての奴に挿れたりしないよ」

安心させるように云うと、佑月に跨（また）がって反り返る自分のペニスを握った。

「手伝わなくていいから、見てて？」

オナニーを始めると、うっすらと笑いながら佑月を見る。

佑月は慌てて目を逸らしたが、快感を堪える本宮の色っぽい顔を見てしまった。

「なんだよ。ちゃんと見ててよ」

不満そうに云いながらも、自分は佑月から目を逸らさない。佑月はその視線を痛いほど感じながら、身動きできずにいた。

ときおり本宮の吐息が漏れて、佑月はきつく目を閉じた。

不意に、本宮の長い指が佑月のうなじを辿る。

ぞくんと震えて、みるみるうなじが朱に染まる。

「…綺麗だな」

そう云って、自分の額にかかる髪をかき上げた。

そして、屈みこんで佑月に口づける。

「あんた、たまんない」

この状況で再び勃起しかかってしまっている佑月のペニスに、自分のものを擦り付けた。

「……ッ…」

佑月は声にならない声を漏らす。

本宮は更に強く擦り付けて、佑月の欲情を煽った。

佑月はもうどうしていいかわからなくて、再びイかされてしまった。

本宮がバスルームに入ったタイミングで佑月は逃げ帰ったが、自宅に戻ってからも、自分の身に起こったことに現実味がなかった。

それでもシャワーを浴びると、本宮がつけたであろう鬱血の痕があちこちに残っていて、現実を突きつけられた。

「なんで、こんなことに……」

断るタイミングはいくつもあった。

本宮はときどき強引だったが、それでも無理矢理とまでは云えない。自分は抵抗らしい抵抗はしてなかった。

思い出しても、恥ずかしいだけで、嫌悪感のようなものはない。

デュアルが相手だとそうなってしまうのか、他に経験がないからわからない。

ただひとつだけ安堵する材料として、自分がオメガであることにまったく気づかれてないだろうことだ。

αオメガは、他のオメガと比較して発情期が遅い。発情がくるまではフェロモンを抑える必要もない。

今も身体には異変はない。それはそうだろう、挿入されたわけでもないし、要するに一人でやることを他人と共有しただけだ。

実はあのあとも続きはあったのだが、本宮のものを内腿に挟んで擦られたとか、思い出したくもない。

あんな、あんな恥ずかしい…。

腹が立つのは、自分はされるがままだったのに、本宮はそのどれもに慣れていたことだ。

彼にとってはただの衝動でしかなく、きっと遅刻に怒って帰って行った彼女とも明日には仲直りして、ホテルで部屋食をして…。

そこまで考えて、佑月は慌ててバスルームを出た。

ネットでホテルを検索して、料金を確認して、二度見してしまった。

「じゅ、十万……」

ジンギスカン、何回行けるんだよ。ていうか、高校生のお金の使い方じゃないだろ。

それでもこのまま奢られっぱなしというわけにはいかない。佑月にとっては当然痛い出費だが、物欲が殆どないためはお年玉もほぼ使わず貯金しているので、そこから支払うことにしようと溜め息をついた。

休日明けに登校すると、教室に本宮の姿はなかった。

正直、気まずさを感じていたので佑月は少しほっとしたが、一限が終わったあとに教室に入ってきた。

「あー、本宮、今頃来た」

「どうせ女のとこだろ」

本宮は否定も肯定もせずに、自分の席に向かう。途中、佑月の席の横を通り過ぎたが、彼に視線をくれることもない。

図書室の前でキスされたあともそうだったが、本宮は何もなかったかのようにこれまでどおりに振る舞っていて、学校では佑月にまったく絡んでこなかった。

「さっきメールしたんだけど」

いつも一緒にいるクラスメイトの一人が本宮に云っているのが、佑月にも聞こえてくる。

「あー、見てない。なに?」

「おまえ、いっつもそう。せっかく送ったんだから読めよ」

「めんどくせー」

だるそうに返してスマホを出しもしない。

佑月は嫌でも入ってくる彼らの会話を聞いていたが、当然何の反応も示さない。しかし心中はざわついていた。

自分からライン交換しておいて、あのあとなんのメッセージも送ってこない。まあそりゃ彼女と仲直りすることの方が大事だろうな。

そんなことを考えるだけで苛々してくる。

昼休みにはいつものように図書室に行ったが、本宮が声をかけてくることもなく、彼はいつものように取り巻きに囲まれていた。

佑月はお金を渡すタイミングをそれとなく窺っていたが、彼が一人でいることはなく、自分からは声をかけづらくて、結局渡せずじまいだった。

翌日も似たような調子で、本宮は数人の友人たち以外は視界に入っていないように見える。

そして不意に気づいた。これって早い話、興味本位で手を出してみたけど、期待外れだったってことではないのか。そんな考えに思い至って、佑月はひどく落胆した。

いや、その方がいいだろう。アルファに目をつけられて弄ばれるより、期待外れだと思われる方がずっといいに決まっている。下手をすればオメガだとバレる可能性だってある。一度だけで済んでよかったと思うべきだ。

そう思ってはみたが、それでも気持ちは落ち込んだままだ。

まだ何も始まってないのに、終わってしまった。

そうか、自分は振られたも同然なのだ。

それに、本宮を拒めなかったのは、本能の部分で彼に捕まってしまっただけかもしれない。

本宮がアルファで自分がオメガだからなのかまではわからない。

ただ、わかったことは、もう終わってしまったということだけだ。

学校に行けば彼に会えるが、彼が自分を見ることはない。彼女とよりを戻した本宮が、期待外れの自分に声をかけることはもうない。

そういうのを一般的には失恋というのだということを、佑月はまだ知らなかった。


夕食後、その日のノルマをこなすべき模擬試験問題を解いていると、メッセージが入った。

『予約、六時に入れた。待ち合わせ、十五分前でいい？』

最寄り駅の改札口と待ち合わせ場所がわかりやすく示されている。

佑月は思わずスマホを落としそうになった。

「なんで？」

終わったと思ってたのに。

戸惑う気持ち以上にじわじわと滲み出る嬉しさに、佑月は混乱した。

喜んでいる場合か。どっちにしろただの興味本位でしかないんだから、傷が浅いうちにやめるべきだ。

本宮は佑月のことをアルファだと思っている。オメガだと知ったらどう思うだろうか。面倒くさい相手だと思うかもしれないし、これ幸いと遊ばれるかもしれない。更にαオメガだと知られたら？　ややこしくて考えたくもない。

ここはもうきっぱり、自分から断るべきだ。

断るべき…なのに、佑月にはそれができなかった。

本宮が云ったように、自分はストイックでもなんでもなく、性欲に抵抗できない、それこそヤりたい盛りのそこらの高校生男子と何ら変わらなかったのだ。

本宮は魅力的で、不思議な吸引力がある。

そんな彼に、佑月は殆ど抵抗できないでいる。でもそれはきっと自分だけじゃない。

本宮の振る舞いは、自分が拒絶されるとは思っていない人間特有のものだ。余裕があって、遠慮がない。それすら魅力的に見せている。

強引に求めるのは相手にエクスキューズを考えさせずに済むためのことで、たとえ戸惑っていても嫌なわけでは決してないという、強い自信に満ち溢れている。

本宮はプライドの高いタイプの攻略法をとっくに会得していて、佑月にもそのように接している。腹の立つことに佑月にとっては確かに心地いいのだ。

イエスと云えないから強引に奪ってほしい。自分で自覚すると安っぽくて死にたくなるが、概ねそんなところだ。

「来栖って、妙にエロいよな」

本宮は佑月を裸に剥くと、嫌がるのをものともせずに脚を開かせる。

「全身で誘ってくる」

ニヤニヤしながら、股間で持ち上がっている佑月のペニスの先をぺろりと舐めた。

「……や……め……！」

「やめていいの？　こないだしゃぶってあげたとき、あんあん泣いてたじゃない」

揶揄するように見下ろす。目を合わせたら全部奪われそうなそんな恐怖があって、佑月は慌てて目を逸らす。

「来栖はフェラ大好きだよね」

舌を這わせながら云う。

「俺もだよ。そろそろ、あんたにも覚えてもらわないとね」

さんざん焦らすように舐めつくして、ゆっくりと口の中に呑み込んだ。

「は、あっ…」

唇で締め付けて出し入れする。その締め付けが絶妙で、佑月はあまり長くはもたない。

「…あ、ああっ……」

たまらず声を上げてしまう。

初めてされたときは恥ずかしくて死ぬと思ったが、その快感には勝てなかった。

そんなふうに、佑月は一つずつ本宮に教えられていく。

彼の口の中で愛撫されて、佑月はシーツを握りしめて身悶える。

ふっと気を許すと、佑月のものを口に頬張る本宮と目が合ってしまって、たまらず射精してしまった。

「めっちゃ淫乱…」

唇の端から流れ出る佑月の精液を指先で拭うと、ティッシュを引き抜いて口で受け止めたものを吐き出した。

そして佑月の顔を跨ぐと、既に硬くなっている自分のものを掴んで佑月の顔に近づけた。

「今度は俺のターン。ていうか、あんたのターン？」

おもしろそうに云って、佑月の唇に指をかける。

「歯、立てんなよ？」

目の前に本宮の逞しいペニスが近づいていて、佑月はごくりと唾を呑み込んだ。

「焦らすなよ」

本宮は少し強引に、彼にそれを咥えさせた。

どうすればいいのかわからないが、それでも本宮がやってくれるように締め付けてみる。

「…うん。悪くないよ」

ぎこちない愛撫に、目を細めた。

本宮のペニスは、佑月の口の中で更に大きくなる。

「来栖が俺のちん○しゃぶってるってだけで興奮すんな」

少し掠れた声でそう云うと、気持ちよさそうに息を吐く。それだけで佑月も興奮してきてしまう。それでも、しだいにぎこちなさすぎる佑月の愛撫に焦れてきたのか、本宮は彼の髪に指を埋めて頭を掴んだ。

「ちょっと…いい？」

佑月の顔を自分の股間に押し付ける。

「…ぐっ……」

いきなり、喉元まで深く本宮のものが突き入れられる。

「ごめん。きつい？」

苦しそうに噎せる佑月に多少の気遣いをみせるものの、それでも腰を突き上げ続けた。

角度を調整して、佑月の上顎を擦るように腰を使う。

佑月は涙でぼろぼろになってはいるのだが、そんな目にあっているというのに、さっきイったばかりの佑月のペニスもいつからか勃起している。

「あ…、や、べ……」

本宮は慌てて腰を引くと、佑月の口からペニスを抜き出す。そのタイミングで、佑月の顔を濡らした。

涙と自分の精液でぐちゃぐちゃになった佑月を、本宮は満足げに見下ろす。

「エっ、ロ……」

荒い息を吐くと、自分の放ったものを佑月に塗り込む。

「や…め……」

さすがに佑月も、本宮の手を振り払った。

「マーキング。他の奴とヤったら許さないからな」

勝手なこと云って、佑月に口づける。

舌をとらえて、からみつかせる。そうしながら、再び勃起した佑月のものを扱いてやる。

「…俺のペニスしゃぶって勃っちゃうとか、才能ありすぎじゃね？」

佑月は眉を寄せるが、反論もできない。

若い彼らは復活も早く、飽きることなく何度もヤりまくった。


本宮は学校では一切それらしい素振りは見せず、教室でも佑月に話しかけることはなかった。

しかし放課後になると、本宮はたびたび佑月を呼び出した。

佑月はその都度悩みつつ、それでも三度に一度は応じてしまっている。

二人は、留守中の本宮の従兄のマンションで過ごすことが多かった。

従兄は家族で海外赴任中で、それまでセカンドハウスとして使っていた部屋を自由に使ってもいいと、本宮に鍵を渡していたのだ。

佑月を誘うときに、本宮はいつもちょっとしたエクスキューズをくれる。おもしろいＤＶＤがあるから一緒に見ようとか、まあそんなよくある他愛ないものだ。

この日は、買ったばかりのバイクに乗らないかという誘いで、一時間ほど郊外を流したあとでの流れだった。

「来栖も免許とったら？　夏休みツーリング行こうぜ」

彼らの高校では、バイク通学は禁止だが免許取得は自由だ。学外のことは家庭で判断すべきことで、学校は関知しないという方針なのだ。

「…整形外科医の伯父が、二輪だけはやめておけと。事故の確率が高すぎるし、そのときの負傷がえげつないって」

「あー、それ。俺も云われた。整形じゃなくて眼科医だけど。研修医のときにひどいケースを見てトラウマになったって。まあけど、楽しいことってたいがいリスクあるよな」

本宮はそう云って笑う。例外はあれど、高校生男子に二輪事故の壮絶さをいくら語ったところで抑止力にはならない。自分が痛い目に遭うまでは他人事としか思っていないのだ。

「リスクを最小限にした人生ってつまんなくない？」

悪い笑みを浮かべて、佑月の指に自分の指をからめる。

「俺とここでこうしてるのも、あんたにとっちゃそれなりにリスク高いよね。俺は何を云われても平気だけど、あんたは男と付き合うって思われるとダメージあるんじゃない？」

それは実にそのとおりだ。佑月だってそのことはよくわかっているのだが、どうしても抵抗できないでいる。

「しかも相手が俺だと、やられる方だって思われるし」

にやりと笑うと、佑月のシャツのボタンを外す。

「名家のお坊ちゃまが、男にやられてあんあん云ってるとか…」

滑らかな肌に舌を這わせて、乳首を軽く齧った。

佑月は声を上げそうになって、何とか呑み込んだ。それをおもしろがるように見下ろす本宮の目が、佑月を更に追い詰める。

「オッパイ舐められて、気持ちよさそうにしてるとか…」

揶揄いながら、既に佑月のベルトを外している。

「…一部の女子には受けそうだけど」

くっと笑うと、その薄い唇に口づけた。

十日ぶりのキスは、佑月に容易く火を点ける。貪るように口づけられて、佑月はその気持ちよさに酔っていた。なので、本宮がキスをしながら既に佑月のパンツを半分ほどずり下げていることすら気づいてなかった。

「…あ…っ…」

本宮の少し節くれ立った長い指がその奥に入って、佑月は初めて自分があられもない恰好をさせられていることがわかって、少し慌てた。

それでも、後ろを指で弄られるのはこれが初めてではない。佑月は既にペニスを扱かれながら、後ろも刺激されることでの快楽を覚えつつあった。

なので本宮もそろそろ試してみるつもりでいたのだ。

本宮は一旦指を引き抜くと、佑月の脚を大きく広げさせた。

「めちゃくちゃ気持ちいいことしてあげるね」

悪巧みを思いついた顔で微笑む。佑月はぞくんとした。本宮のこの顔に弱い。魅力的すぎて抗えないのだ。

本宮は佑月の股間に顔を埋めると、佑月のペニスをしゃぶってやった。そして同時に、後ろにたっぷりとローションを塗った指を埋めたのだ。

「ひゃ……っ…」

驚いて、ついその指を締め付けてしまう。

最初は違和感が強かったが、すぐに身体が慣れてきて、しだいに指で弄られる気持ちよさで思考があやふやになってくる。

前と後ろから同時に愛撫されて、その気持ちよさに抵抗できないのだ。

ずぼずぼと指を出し入れされて、佑月は思わず声を上げてしまう。

「あ、ああっ…ん…!」

あられもない声が出て、佑月は慌てて自分の口を塞いだ。

「いいじゃん。声、聞かせろよ」

しゃぶりながら云われて、その卑猥(ひわい)さに背筋がぞくりと震える。

こんな刺激に、経験の浅い佑月が耐えられるはずもない。

「は、離せ…ッ」

襲ってきた射精感に、慌てて本宮の肩を押す。

解放された瞬間、佑月は達してしまった。

「あ…、かかった…」

そう云って、頬についた白濁したものを空いた方の指で弾く。

佑月はいっぱいいっぱいで、状況がよくわかっていない。

「…これならいけるな」

本宮は埋めたままの指を中で押し広げると、呆けている佑月に口づけた。

「そうしてると可愛いね」

囁くと、彼をうつ伏せにして膝立ちさせた。

「え、な……に…」

慌てる佑月の耳を後ろから齧って、萎えかけの佑月のペニスに手を伸ばす。

「来栖って、ほんとエロい。全身ピンクだよ」

佑月の内腿に執拗に自分のペニスを押し付ける。そして、素股だと安心させておいて、緊張が緩んだそこにローションで濡れた先端を捩じ込んだ。

「な……、…！」

思わず緊張で身体が強張ったと同時に、本宮の強いフェロモンが佑月を襲った。

無意識のうちに深くそれを嗅ごうとすると、全身が緩んで、拒んでいたものがずるりと中に押し入ってきた。

「あ、ああっ……」

内壁が擦り上げられる快感に、たまらず声を上げてしまう。

自分がどうなってしまうのか、怖くてどうしたらいいかわからない。

「来栖、息吐いて…」

きつすぎる締め付けに、本宮は少し掠れた声で囁く。彼からはさっき以上にフェロモンが出ていて、佑月は頭がクラクラしてくる。

云われるままに深く息を吐くと、緊張が緩む。

「うん。いいよ……」

優しく囁くと、本宮はゆっくりと腰を使い始めた。

「あ…、は、あっ……」

佑月から、ひっきりなしに熱い息が漏れる。

本宮のものが、自分の中を擦り上げていく。深いところまで捩じ込まれて、そして次にずるり

と引いていく。そのたびに内壁が捲られていくようで、それがたまらなく気持ちいい。

殆ど無意識に自分の中がそれにからみついていく。

「…すごい、いいよ……」

本宮の息遣いも荒い。吐息と共に漏れる本宮のフェロモンに、佑月は全身が痺れたようにぞくぞくしてくる。

ああ、もっと。もっと欲しい。

佑月は自分がそんなふうに理性を手放せる人間だと思ってもみなかった。

どこかでやばいと思いつつも、それでもそのまま堕ちていった。


それは突然やってきた。

定期試験も終わって、あと数日で終業式という日の早朝のことだった。

佑月は、これまで自分がオメガである自覚がどうしても持てなかった。発情期という身体の変化がないし、オメガとして扱われたこともないので、自覚の持ちようがないのはある意味仕方ない。

それでも、検査をしたり必要な薬を揃えたりと、いつそうなっても大丈夫な準備はしていた。

そして、そのときは来た。

何の前触れもなく、訪れた。

変な夢を見たような気がする。それのせいか、身体の芯が熱くて目が覚めた。

それはこれまで体験したことのないものだったが、本能的にすぐに察知した。

「発情期…」

とうとうきたのだ。

奥が疼く。本宮に後ろを弄られたときのように、じんわりと濡れてくるのを感じて、自分で指を入れてみた。

「あ……」

自分で入れたのは初めてだったが、本宮がしてくれたように中を擦ってみる。

「はぁ……」

思いの外気持ちいい。しかし自分で火を点けてしまったのか、さっき以上に疼いてきた。

指を増やして、そしてペニスも扱いてみる。

「あ…ん……」

自分の声がいやらしくて、よけいに身体が反応してしまう。

指でやるのは気持ちいいが、どこか物足りない。

彼の、あの太いもので…。それを思い浮かべて、中の指をぐちゅぐちゅと乱暴に捩じ込んだ。

「あ、ああっ……！」

自分でも呆れるほどすぐにイってしまったが、それでも疼きは収まらなかった。

「……」

それはそうだ。自慰で発情が収まるなら苦労はしない。オメガはオスに慰めてもらわないと発情期が終わるまでは収まらない。そのためにオメガはフェロモンを出すのだ。好き嫌い関係なく、抱いてもらってこの疼きを何とかしてもらうのだ。

佑月は自分が発情して初めて、否応なく自分がオメガであることを自覚した。

今後は本当の意味でオメガとして生きていかなければならない。

それでも今は薬の進化で、発情を抑制する方法はいくらでもある。

急いで、医師に処方してもらった即効性のある点鼻薬を吸ってみた。

初めてのことなので、自分がどうなってしまうのか怖かったが、それでも暫くすると効いてきたらしく、落ち着いてきた。

「…よかった」

ほっとしたが、薬がなければ誰かに慰めてもらうしかないというのだろうか。発情期のあいだ中あんな疼きがずっと続くのだとしたら、自分は耐えられるだろうか。誰でも疼きを止めてくれる相手を求めてしまいそうだ。

覚悟はしていたが、このときに佑月は自分がオメガである現実を突きつけられたのだ。

「本宮……」

無意識に呟いてしまった名前に、愕然とする。

さっきのように発情したオメガを、本宮が受け入れるはずがないと思った。

本宮はアルファだと思っているから自分と付き合っているのだろう。一番責任のない相手だ。ただ快楽を求め合うだけの関係。間違いなく本宮はそう思っているだろう。

本宮は本能のままにセックスを楽しんでいる。寝たいと思った相手にパートナーがいようがお構いなし、というよりも他人のものに手を出すことを楽しんでいる風もある。そうやって手に入れても飽きたら終わり。

十代のアルファにありがちな身勝手きわまりない行動だが、それすらも許されてしまうのが魅力的なアルファなのだ。それがデュアルともなれば尚更だ。

本宮は強引ではあるが決して無理強いはしない。ただ相手が抵抗できないだけだ。それは佑月も認めざるを得ない。

相手が自分の魅力に抗えずにセックスしたことで、自分や相手に付き合ってる相手がいようがいまいが、文句を云われる筋合いがあるとは思っていないのだ。浮気だの二股だの不倫だの、本宮には意味のない言葉で、そんなものに縛られていない。

そもそも人間のカップルは一対一が正しいという考えは、あくまでもキリスト教社会での思想に過ぎず、それをベースに性的モラルが高いだの低いだの論じるのは実は偏っているのかもしれない。実際に社会や宗教が違えば性の規範も違ってくる。それをキリスト教西洋社会から見てまるで劣っているかのように批判するのは違うのではないか。

佑月は本宮のような生き方を批判しようとは思わなかった。何より、自分たちはお互いに何の責任もない関係なのだ。

ただ他にも相手がいることを特に隠そうともしない本宮に、どこかで引っ掛かってはいた。直接佑月に云うわけではないが、同じクラスにいれば嫌でも耳に入ってくることはあるし、他校の女子生徒と待ち合わせをしているのを目撃したこともある。

佑月がそれに触れないのは、気にしていないからではない。気にしていることを知られたくなかっただけだ。そして自分こそがたまたま何度か寝ただけの相手で、実は本命はいるのかもしれないし、そんなことは知りたくもなかったからだ。

だから、いつかやめないといけないと思っていた。できれば、本宮が飽きる前に自分から離れようと。

たぶん、それが今なのだ。

自分がオメガだということを黙っていたことを、本宮は騙されたと思うだろうか。それとも逆に更に興味を持つだろうか。

どっちにしろ、オメガだと知られる前にもう終わりにするのだ。

今ならまだ引き返せる。


何とか収まったと思って再度眠りについたが、二時間もしないうちにまた目が覚めた。

さっき以上の疼きに、少し悩んだもののもう一度抑制剤を使うことにした。診察してもらえる時間までは何とか薬で抑えなければと思ったのだ。

しかし効き目はさっきよりももたず、佑月は少し焦った。

苦しくなっては薬に頼るのを繰り返して、クリニックに辿り着いたときは気分も最悪で、再び訪れた疼きと強い眩暈で収まりがつかず、そのまま入院となってしまった。

準備していた薬よりも効果の高いものを処方されて、ようやく落ち着いたところに、心配した兄から電話がかかってきた。

『入院だって？』

心配性の兄が黙っているわけはないと思っていたので、予測はしていたものの、あまり兄から発情期のことに触れてほしくなかった。

「…事後報告だと怒るからいちおう連絡したけど、面会謝絶だからね」

『え、なんで？』

「兄さんがアルファだから」

発情期のことはクリニックに付き添ってくれた母が先に連絡してくれて聞いているはずなのに、そこに考えが至らないのは兄らしくない。きっとよほど慌てているのだろう。

『…あ、ごめん。そうだよな』

個人差はあるが、オメガのフェロモンに対しては血縁のアルファでも抵抗できないケースは少なくなく、用心に越したことはないのだ。もし兄が自分に対して豹変したら、今後の兄弟仲にも大いに影響してしまう。

主治医の話では、眩暈の原因は薬の副作用ということらしかった。

副作用は一時的なものでそれほど心配はいらないが、差し迫った問題として佑月に合う薬が必要ということなのだ。

そのために発情期中に管理できる環境で薬を試し、そのデータをとる。そのデータを基に、より個人に合った薬にしていく。オーダーメイドの薬は所謂自由診療となり保険の適用がない。

しかし薬の効果はきわめて高い。

発情期であってもオーダーメイドの薬を使えば、ふだんと何ら変わらない生活が送れると主治医から太鼓判を押されている。しかしデュアルである本宮に、どこまで薬でごまかせるのか佑月は半信半疑だった。

日常生活だけなら問題ないが、発情期中に性交することでアルファなら相手がオメガであることに気づくと云われている。それがデュアルであれば、発情期中でなくても気づくし、何なら濃厚なキスでもわかるという話すらある。行為そのものではなく、オメガが欲情することで出るフェロモンを薬では完全に制御できないというのだ。

もしそうなら、本宮が近くにいて彼のフェロモンだか体臭だかを意識するだけで気づかれる可能性があるということだ。これまでは発情期がきてなかったから、欲情してもフェロモンは出ていなかったが、もう今は違う。

同じ学校、同じクラスにいて、本宮に一切近づかないことができるのか？

一方的に自分から関係を終わらせたとして、本宮は案外去る者追わずでさっさと離れるという可能性は高そうだ。自分を振った相手になど、秒で興味を失うのがいかにも彼らしいとも思える。

しかし自分はまだ興味を失っていないのに佑月に振られたことで、よけいに執着する可能性もないではない。振るのは自分の方であって、振られる側ではないと。そうなった場合の危険度は高すぎる。自ら危ない橋を渡ることはできない。
今すぐ、本宮の前から消えるのが最善だ。
幸いなことに、母親がイギリスの研究機関に招かれて半年の予定で渡英することになってい
た。当初は大学受験もあるので佑月は日本に残る予定だったが、急遽母親についていくことに
決めた。
両親もその方が安心だと賛成してくれたし、主治医も自分の先輩にあたる日本人医師を紹介
してもくれて、夏休みが終わる前には、佑月は既に日本を離れていた。
本宮には、親に勧められて海外研修を受けることになったとだけメールして、それっきりに
なった。
そのときの本宮からの返信は、帰国したら教えてというあっさりしたもので、おそらく一週
間とか二週間の夏期講習のようなものだと思ったのだろう。
ケータイの契約もすぐには解除せずに、新学期が始まる頃に打ち切るようにした。出国する
までに本宮に不信感を抱かれないようにというつもりだったが、そこまでする必要はなかった
のかもしれない。
とにかく、佑月はそうやって強引に本宮との関係を終わらせた。

本宮たちは、最初に訪ねてきた二週間後に再びセンターを訪れていた。

「そちらが紹介してくれた先生、もう最悪。クリエイターがヘソ曲げちゃって、作業が中断しちゃったんですけど」

本宮は不満を隠そうともせずにそう云って、足を組んだ。それを佑月は冷たい目で見る。

「…そちらのご希望どおり、立派な肩書と実績を持つ大変優秀な研究者です。彼の指示を参考にすればほぼトラブルに巻き込まれずに済むのですが」

「あれもダメ、これも攻撃対象になるって、片っ端からダメ出しされて、脚本が作れるはずがないでしょう」

「…知識もないくせにリアルを求めようとするから」

佑月はぼそっと呟いた。

「は？」

「いえ、こちらの話です」

スカした顔で返す。

「しかも、その指示に反論すると怖い記事で脅すし」

「怖い記事？」

「教義を冒涜したって手首を落とされたジャーナリストの記事とか。その手首の写真付きで」

記事のコピーをテーブルに置く。佑月はそれに目を落とすが、眉ひとつ動かさない。

「…日本の報道記事ではそういう写真はカットされますしね」

「されますしね、じゃないだろ。薬品で顔を焼かれてるときの映像とか、ネットですら規制されてるぞ」

「研究対象の場合は許可されます」

「いやだから、あんなの見せる必要あるか？」

「認識が甘いようなので、現実を伝えようとしたのでは」

佑月は表情も変えずに淡々と返す。

「報告書を見ましたが、教授は表現を変えろとは一切云っていません。問題になりそうな設定をチェックしたら山のようにあったというだけで」

「だからって…」

「これはテロ対策であることをお忘れなく。甘く見て後悔するようなことになっては元も子もありません」

その指摘に、本宮は渋い顔をした。

「それはわかってる」

「では、ひとつ提案させていただきます」

佑月はこういう流れになることを予想していたように、テーブルに一枚の用紙を滑らせた。

研究者のプロフィールのようだ。

「彼女は肩書こそキャリアの浅いフリーの研究者ですが、アラビア語も堪能で、知識の幅が広い上に現実主義者です。その上ゲームマニアで、プレイするだけでなく制作に関わったこともあると」

「それがプランB？」

本宮の言葉に、佑月は小さく頷く。

二人の間に流れる微妙な空気に、尾野は不穏なものを感じて黙ってプロフィールを読んでいたが、はっとして顔を上げた。

「高原架純って…。ちょっと前にこの人の新書読みました」

「既に六刷りまでいってると聞いています。好評のようですね」

「おもしろかったです。…いいんじゃないでしょうか」

尾野が本宮を覗き込んだ。

「…問題はクリエイターが納得するかどうかなんだが…」

それでも、本宮もこの提案を受けた方がいいと思ってはいるようだ。

「とりあえず引き合わせてみたらどうですか？　実は彼女に打診してみたところ、任せてほしいと前向きでした」

「まあそりゃ、ゲームマニアならただでもやりたい仕事でしょうけど」

研究職を軽く見ている本宮に、佑月はきっぱりと云った。

「いえ、できるなら受けたくないとも云ってました。自分にも危険が及ばないとも云い切れないから、彼女は現実を知らないバカとは仕事はしたくない派です」

「…そこまで云う？」

「あ、云わない方がよかったかな。ではクリエイターの方には内緒ということで」

「内緒って…」

本宮は思わず苦笑した。しかし佑月は気にせず続ける。

「うまく方向性を変えさせることができるならおもしろそうだとも」

「それは難しいと思うけど。俺たちだって、この設定聞かされたときにはある程度のアドバイスはしてきたんだよ。それでも制作側は聞く耳持たずなんだよな…」

「肩書のある第一線のプロからさんざん脅されて、クリエイターにも多少なりとも現実が見えてきた可能性は否定できないのでは？」

佑月は、自分がセッティングした教授のダメ出しが無駄になっているとは思っていない。

「何とかなるはずと甘く考えてたのが、八方塞がりになりかけてることくらいは理解してるでしょ？　その上で魅力的な提案なら受けていいと思ってるかも」

「……」

「とりあえず一度会ってみたらどうですか？　彼女の話なかなか魅力的なのでうまくいくかもしれませんよ」

佑月の提案に、本宮は暫く考えていたが、受け入れることにした。

「まあ他になさそうだし…」

「では、この日時で都合のいいときを」

佑月が候補の日をいくつかあげた。尾野がスケジュール表を出して確認する。

佑月は、新しい担当者のプロフィールを尾野のメールに送る。

「高原はフリーなので、初回は私も同席します」

「それじゃあ食事をしながらでもどうですか？　カジュアルな店だとクリエイターたちも身構えなくて済むだろうし」

完全アウェイな大学の研究室で、現実路線の高名な教授に専門知識で殴られて一言も云い返せなかったことに相当のダメージがあったのだろう。

「そうですね。彼女も打ち合わせは食事をしながらが望ましいと常々云っていますから、問題はないでしょう」

本宮が店を選ぶということで、佑月は任せることにした。

カジュアルを通り越して場末感たっぷりな地下の店に、佑月は内心眉を寄せた。

「なんかおもしろそうな店」

美人というよりはイケメンという方が似合いそうな高原は、楽しそうに店内を見回した。

奥のテーブルにいた本宮が二人に気づいて、片手を挙げる。本宮はシャツにデニムといったラフな格好だし、クリエイター側の二人にいたってはジャージだ。今日は秘書は同席していないようだ。

「…来栖さん、浮いてますよ」

高原はネクタイまできっちり締めた佑月を振り返ると、自分だけさっさとジャケットを脱いで、三人の側に溶け込む。

「カジュアルな店だって云っておいたのに」

「…仕事で来ているので」

佑月は本宮に素っ気なく返すと、三人に高原を紹介した。

「高原です。これまでの経過は来栖さんに聞いています。富田教授から怖い動画を見せられたことも。なのでその前提で話をしてくださって構いません」

そう云って快活に笑う。

「そちらの、よりリアルにという方向性ももちろん聞いています」

クリエイターたちの方を向いて、にっこりと微笑んだ。

「その上で、提案していければと思っています」

クリエイターたちは顔を見合わせて、そして頷いた。

佑月は、トラブル防止のためだとレコーダーをテーブルの上に置いた。

「では始めますか」

佑月がスイッチをオンにすると、高原が首を振る。

「その前に注文しなきゃ。ビールいただいてもいいかな?」

本宮に許可を求める。

「ええ。ここ、ガンブリヌスも置いてるようですよ」

「さっきカウンターで見て、目をつけてたの」

高原は悪戯っぽくウインクしてみせると、早速チェコ産のビールを注文する。

「フードもいけますよ。お薦めはこの……」

代表の仁科が高原にメニューを見せながら説明する。

「ここは貴方たちのホームなのかしら？」

「まあ、そういうことっす」

高原はそれを聞いて、好意的な笑みを浮かべた。

奇才集団と呼ばれヒットを飛ばし続ける怖いもの知らずの彼らだが、この三人を前にイキがるのは意味がないと思ったようだ。

クリエイターたちに会うのは佑月は初めてだったが、三浦と名乗る男がさっきからずっと無遠慮な視線を自分に向けている。さすがに仁科がそれを咎めた。

「三浦ちゃん、ガン見しすぎ」

「そりゃ見るでしょ」

「すみません、この人キャラデザのチーフで美形に目がなくて。本宮さんに最初に会った時も食いついてたよな」

本宮は苦笑を浮かべただけだった。

「…今日は美形盛りだな」

高原に視線を移動させて、ニヤニヤ笑う。

「高原さんだっけ？　めっちゃ男前な顔で好きなんだけど、こっちの人が整いすぎてて目が離せなくてさあ」

「こら、失礼だろ」

「あらー、いいのよ。私も同感だし」

話題にされている佑月は皆の目が自分に注がれていても、特に関心がないように表情ひとつ変えない。

「…できたら眼鏡外してほしいんだけど？」

「三浦ちゃん！」

「お願いしてるだけじゃん」

三浦には遠慮というものがないようだ。

「残念ながら、その希望には添えません」

「そっか。残念」

大人しく引いたものの、凝視するのをやめようとはしない。

佑月はその視線に眉を寄せることなく、注文が終わったところで本題に入るように促した。

ガンブリヌスを瓶からラッパ飲みすると、高原は淀(よど)みなく話し始めた。

佑月はあとで録音を聞き返す必要が生じたときに、目安となるよう経過時間と内容を簡単にスマホに入力していく。

高原の話は充分に魅力的で、佑月の顔をガン見していた三浦も、いつの間にか高原の話に呑まれていた。

現実と創作と、自分たちが規範を置く文化とそれ以外の文化と。尊重するしないの判断基準が違うことや、違う判断で断罪された結果どうなるのかとか。その上で高原が示すアイディアとはどういうものかを示していく。

あらかた話し終わったときには、仁科たちは興味津々の顔になっていて、自分たちから彼女に監修を願い出た。

「了解しました。大変だけどやりがいのある仕事になりそう。研究のいい気分転換にもなるし」

高原は満足げに返す。

「もっと話聞きたいんすけど、このあと時間あります？」

仁科が意気込んで高原に聞く。

「私はいいけど…」

ちらりと佑月を見る。

「では私はこれで失礼します。あとはそちらでご相談ください」

佑月が引き上げようとすると、本宮も席を立った。

「んじゃ、俺もこのへんで失礼するよ。支払いは済ませておくので、好きなだけやって」

そう云って佑月の後を追った。

「そっちの分も一緒に払うよ」

「いえ、二人分の食事代はこちらで支払います」

「いいよ。大した額じゃないし」

「あとで面倒なことになると困るので、支払いは別でお願いします」

きっぱりと返してレジに急ぐ。

「でもそれだと店が面倒でしょ。今度の機会にそっちが奢ってくれたら…」

「…デートじゃないんだから」

佑月は呆れたように返すと、店のスタッフにてきぱきと自分と高原が注文した分を告げて会計を済ませる。

「こちらの伝票から今の分を差し引いてください」

そう云い残すと、さっさと店を出た。が、階段を上がって地上階に出たところで、佑月の足が止まる。そこに小走りで追いついた本宮が並びかけた。

「わー、ひどい降り」

「…いつの間に……」

茫然とする佑月に、本宮は一階のカフェに彼を誘った。

「今出たらびしょ濡れだよ」

「……」

「これじゃあ、暫くはタクシーも捕まらないだろ。とりあえず空車が見つかるまで時間潰した方がよさそう」

ここから大通りに出るには数百メーターは歩かないといけない。傘なしだとその間でびしょ濡れになって、タクシーに乗車拒否されるかもしれない。

「…最短で二十分だって」

スマホでタクシー送迎のアプリを操作して、佑月を見た。

「ここの前まで来てくれる。乗ってってもいいよ」

云いながら、カフェに入っていく。佑月はそれには返事をしなかったが、カフェの入り口でずっと雨宿りしているわけにもいかずに、仕方なく中に入った。

テーブルにつくと、佑月も自力で車を呼ぼうとトライしてみるが、なかなか繋がらない。

「一般会員なのか。プレミアム会員になっておくと優先で繋がるよ」

「あー、プレミアムか…」

佑月はがくりと肩を落とした。特別会員で二十分待ちなら、一般会員で繋がったとしてもどれほど待たされるか。

「乗ってけばいいじゃん」

「…駅で落としてくれたら」

「オッケー」

本宮は爽やかに返して、コーヒーを飲んだ。

「それにしても、あんなにうまくいくとはな」

「……」

「実は彼らの扱いには俺も手を焼いてたんだけど、ああもあっさりと受け入れてくれたとは正直驚いてる。助かったよ」

妙に素直に云われて、佑月は内心戸惑った。

「…それは高原さんの力だから。僕に礼を云うことはない」

どことなく落ち着かない気分になって、不自然にならないように視線をマグに移す。

「まあそうなんだけど、彼女を推薦してくれたのはあんただから」

「それが仕事だから」

「そうね。いい仕事ぶりだったよ」

こんなところで自分相手に社交辞令を云うような男ではないので、恐らく本心からだろうと思うと、じわっと嬉しい気持ちが沸き起こって、それに対する戸惑いを隠すようにカフェラテを飲んだ。

「ところで聞きたかったんだけど、来栖の仕事ってコーディネートのようなものだと理解してんだけど、所属してる研究者の論文って全部読んでるの？」

「全部ではないけど、研究内容が把握できる程度には」

「けっこうな数の専門家が所属してるようだけど、それを全員把握してるってこと？」

「そういう仕事だからな」

佑月にしてみれば、自分が論文を書くために他の研究者の論文を読むのは当たり前のことだった。この仕事では自分の専門からやや遠い論文を読む必要もでてきたが、そのことが自分の研究のヒントにもなるので、むしろ積極的に取り組んでいる。

「ケンブリッジだって？　大学」

「え…」

「センターのサイト見た」

センターのウェブサイトには役職付きの職員の略歴が紹介されているのだ。

「かっけーな」

揶揄するように本宮は云う。本宮の周囲なら、海外の名門大学を出た知り合いなど何人もいるだろうに、らしくない云い方だ。高二の夏の突然の留学に対する、わだかまりのようなものがあるように感じた。

「全然知らなかったよ。噂にもなってなかったし」

誰にも知らせていないので当然といえば当然だ。大鵬学園には転校先の高校のことは知らせているが、留学先は個人情報になるので、担任は「留学のため学校をやめた」と報告しただけだったのだ。驚いたクラスメイトは多かったが、担任からはそれ以上のことは何も知らされなかった。大学進学に至っては、日本の高校とは無関係なので連絡もしていない。そんな状況で噂になりようがない。

渡英してからの佑月は、本宮とのことやオメガであることや発情期のことやらから逃避するために、バカみたいに勉強ばかりしていた。

ロンドンの高校に通い出してすぐは、英語もまだそれほどうまくなくて、いじめられるようなことはなかったにしろ、軽く見られることはあった。それを覆すためには勉強する以外ないと思って、寝る間も惜しんで努力した。

その甲斐あって佑月の英語のレベルは飛躍的に向上して、飛び級制度を使って大学に進学することができて、更に大学も短期間で卒業した。その後も大学院に進んで研究を続けているが先に進むに従ってレベルは高くなり、自分の分析の甘さを痛感するようになった。

ちょうどそのときに、今のセンターの話があって帰国したのだ。

ここに就職できたのは有体（ありてい）に云えばコネだが、事務能力が高く専門知識も豊富な佑月には打ってつけだった。それは事務局長のポストが空くや否や、入所して二年たらずの佑月を任命したのが所長と副所長であることを考えれば、妥当な評価だろう。

結果的には留学したことは彼の人生に大きなプラスとなっているが、それでもあのときはただの逃げでしかなかった。

今このときに、本宮からなぜ一言も告げずに渡英したのかと聞かれたら、自分はなんと答えるだろうか。そう思って少し身構えたが、本宮は既にそんなことには興味がないのか、何も聞いてこなかった。

予定時間より少し早めに本宮の呼んだタクシーが店の前に停まって、アプリが鳴った。

「あ、もう来た」

本宮が立ち上がる。佑月も慌てて立ち上がった。

セルフサービスの店で既に会計は各々で済ませていたので、飲みかけのマグを返却台に返して、急いで店を出た。

「家、どこだっけ？」

本宮に聞かれて、佑月は僅かに躊躇する。それに本宮は苦笑を漏らした。

「どっち方面って意味。べつに住所聞いてるわけじゃない」

「N駅で……」

自信過剰だと思われたことが佑月にはたまらなく恥ずかしかったが、それを気づかれないようにできるだけ冷静に返した。

車内で本宮は話をしてくることもなく、すぐに駅に着いた。

佑月はお礼を云って車を降りると、ほっと息をついた。本宮と一緒にいて、自分がどれくらい緊張していたのかがよくわかる。

そもそも、今かけている銀フレームの細身の眼鏡も、本宮に緊張を悟られないための伊達眼鏡だ。依頼人があの本宮だとわかった時点で、佑月は醜態を晒さないためにあらゆる準備をしていたのだ。動揺を悟られたくなかったのだが、かけていて正解だった。

ふだんから使っているピルに追加して、発情期に使うような少しきつめの点鼻薬も使っている。この数年でより抑制効果の高い薬が開発されているため、用途に合わせて一時的に使うことも多い。

とはいえ、本宮は特に口説くつもりはなく、昔馴染みと話がしたかっただけのようで、そういう意味では紛れもなく過剰反応だ。それがつい、態度にも出てしまったから本宮に指摘されてしまうのだ。

本宮との再会は予想外ではあったものの、いつかまたどこかで二人の道が重なるような予感はあった。

とはいえ、予感は願望でもある。

会うのは怖かったが、でも会いたかったのだ。逃げ出しておいて、それでも彼が自分を忘れないでいてくれたことが、嬉しかったのだ。

それを認めて、佑月は大きな溜め息をついた。


その後は高原のおかげで順調に進んでいるらしく、本宮からは特に連絡はなかった。べつに期待はしてないが、あれこれ気を回した自分がちょっと滑稽（こっけい）ではあった。

たまたま偶然一緒に仕事をすることになったとはいえ、今後は仕事での接点はもうないだろう。自分が連絡をしない限り、本宮と会うことがないのはわかっていた。

少しずつこうして忘れていくんだと思っているときに、高原が佑月のオフィスを訪ねてきて嫌でも思い出すことになった。

「来栖さん、ごめんね、いろいろお手数かけて」

高原は、顔の前で両手を合わせてみせた。

「ああ、訴訟の件ですか」

「そう。大学の准教授が、あの程度のことでいちいち訴訟するって。びっくりよ。誹謗中傷が無理だと悟ったのか名誉棄損だって。取り巻きに焚き付けられて引くに引けないのか知らないけど、都合が悪くなったら被害者ポジションに逃げようなんてそうはいかない。受けて立とうじゃないの。脅して黙らせようなんて、ふざけんじゃない」

よくあるSNSでのトラブルで、少し前にセンターに訴状が届いていた。

「費用はこちらでも一部負担できると思うので、弁護士が決まったら教えてください。またこちらでも代理人の紹介もできます」

センターでは所属の研究者が積極的にSNSで発信することを推奨している。研究者と一般人との垣根を低くして、多くの人に研究内容に関心を持ってもらうのが目的だ。しかしそうすると、トラブルに巻き込まれるケースも出てくる。

言葉足らずで誤解を受けたとか、勘違いのせいでの行き違いとか、それが相手によっては訴訟に繋がることだってある。その場合は、仮に研究者側に問題があったとしても、センターがバックアップすることになっている。

「ありがとう。でも、スポンサーがついたから費用は何とかなると思うわ」

「スポンサー？　訴訟費用を出してくれる人がいるってことですか？」

「違う違う。三浦くんが私を新キャラのモデルに使いたいって。それでけっこうなギャラが出るらしいわ」

「ああ、なるほど」

佑月も三浦からモデルを打診されたが、当然断っている。

「それを聞いて、本宮さんがゲームが完成したときの発表会にも出てくれって。こっちも一回あたりのギャラが凄いの。監修するよりもらえるみたい」

「そうですか。よかったですね」

「そうなんだけど、複雑よねえ。監修で必要な知識をどれほどの時間を割いて蓄積してきたかを考えると、ほんと何なのって。たまたま派手な顔立ちに産んでもらえて、背もちょっと高かっただけで。そういう何の努力もないものに対してもらえるギャラの方が、何年もの知識よりも上回るとはねえ」

高原は不満そうに溜め息をつく。

「多くの人が求めているものに多額の対価が支払われるのが、資本主義というやつでしょう」

「それでもちょっと悔しいよね」

正直な高原の感想に、佑月も苦笑を浮かべる。そんな彼を高原はまじまじと見た。

「来栖さんもモデル承諾すればいいのに。三浦くんめちゃくちゃ残念がってたわよ。しかもちょっと面影ある脇キャラ作ってるし。でもそれだけじゃ物足りないみたいで、まだぐだぐだ云ってるわ。訴えられてもいいから、勝手に来栖さん出そうかなって。それはさすがに仁科くんや本宮さんに怒られてたけど」

打ち合わせから既にひと月たつが、高原は楽しく仕事できているようだ。

「そういえば、来栖さんは本宮さんの同級生だったんだって？　大鵬学園の」

「…そうです」

「すごいよね、同じクラスに来栖さんと本宮さんがいる空間って」

そう云うと、高原は含み笑いを漏らした。

「本宮さんって、オスの匂いを隠しもしないわりにはがつがつしてないの、やっぱり育ちのよさかしらね」

「……」

「友達限定のＳＮＳで彼のことをちらっと書いたら、テレビにもときどき出てる美人弁護士からメールがきて、また飲む機会があったら声かけてほしいって頼まれちゃった。以前に飲み会でお持ち帰りされたことあるんだって」

来栖は胸がちくりとしたが、それは顔には表さなかった。

「けど、次に自分から誘ったら断られたんだって。同じ相手とは二度は寝ないって。なんかむかつくけど、でももてる男は違うよね」

同意を求められたが、佑月は敢えて無視をした。

「彼女曰く、そのときはまだ結婚してたから旦那にバレるとやばいのでそれで諦めたけど、離婚して今はフリーだからもしかしたらって。バイタリティあるよねえ」

高原は肩を竦めた。

「ああいう男が本命に選ぶのって、どんな相手なのかしらね。高校のときからあんな感じ？」

無視するわけにもいかずに、佑月は内心溜め息をつく。

「さあ。同じクラスだったのは夏休みまでで、そのあとは渡英したので…」

「あ、そうなんだ。卒アルとか見せてもらおうと思ってたのに」

「残念ながら…」

知りたくもない本宮のことを聞かされて、それでも気になって仕方ない。そんな自分がたまらなく鬱陶しい。

「それはそうと、田中先生が襲われかけた一件、マスコミでは報道されてないのね。カルトがらみだから？」

佑月が興味なさそうなのを感じてか、高原が話題を変えた。

「さあ、詳しいことは何とも」

「公安が泳がせていた人物による犯行とも云われてるね。すぐに捕まったのはそのせいかもとか何とか」

「…高原先生も気を付けてくださいよ」

「そうね。用心はしてるつもりだけど、どこにだって落とし穴はあるし」

高原がこういうときに、『私は大丈夫』とは云わないことを佑月は評価していた。己の危険回避能力を過大に評価しないし、自分の立場もよく理解しているのだ。

「変な感じがしたら遠慮なく相談してください」

「ありがとう。そうさせてもらうね」

今現在でも、センター所属の研究者でボディガードをつけている人間は何人かいる。

SNSで研究者が発信した内容を、意見の違う過激な専門家が問題視して過激に煽ることで、それに触発される者が出てくる。その中から、どんな手段ででも口を塞ぐことこそが正義だと信じ込む者も現れる。彼らは実行に及ぶときに損得勘定が働かないので、危険きわまりないのだ。

しかしそれを恐れて研究者が発信しなくなると、SNSはカルトや自称専門家たちの天下となり、間違った論説が蔓延(はびこ)ることになる。それは多くの人たちにとって不幸だ。

だから、研究者に自由に発信してもらうためにも、佑月は所属研究者の安全をあらゆる形でフォローするシステムを進めている。それは訴訟に対する対応も含めてのことだ。

そのことを、佑月は所長と副所長から頼まれていた。佑月に事務局長の肩書を早々に与えたのは、彼を自由に動けるようにするためだ。

彼らは佑月の研究者としての資質以上に、専門外の知識が豊富でそれらを関連付ける能力が高いことを評価していたのだ。しかも名門の来栖家の出身である。センターの未来に佑月は必要な人物だった。

佑月自身、自分のために来栖の名前を使うことはなかったものの、仕事のために政治的に利用することには特に違和感はない。要は使い方の問題で、それをきちんと見極めることができるのなら、何の問題もないと思ってる。

今の日本は研究者を育てることに消極的で、とにもかくにも予算不足だ。

優秀な人材は国外に出てしまい、このセンターに登録している研究者の三割は海外の研究機関で働いている。その比率は今後更に上がりそうだ。

このセンターの運営費は複数の大学が賄っているが、それぞれの大学がそもそも予算が足りない。その中で研究者をフォローできることは限られてくる。

そうなると、センターでも寄付を集めるしかなくなる。議員への陳情も行っているが、今現在のことは政治が何とかするのを待っているわけにはいかないのだ。

以前からクラウドファンディングで幅広い層からの寄付を集めているが、佑月は名家出身ということで富裕層からの寄付集めの仕事を担うことになった。

欧米の大学ではよくあることで、佑月自身も出席したことはある。

正直、パーティも接客も得意ではないが、得意なことだけできる仕事というのはそうはない。そこは仕事と割り切って、定期的に資金集めのパーティを開催していた。


「やっぱり、眼鏡ない方がいい」

会場で声をかけられて、佑月は少し驚いた。

招待客のリストに入れることに承諾したのは自分だが、それでも本宮が出席するとは思わなかったのだ。依頼をした会社にはその招待状を送ってはいるが、出席してくれるのはそのうちの一割以下だったからだ。

「フォーマルがよく似合ってる」

それはこっちの台詞だと佑月は思った。

理想的な骨格に過不足なく筋肉がついた素晴らしいスタイルの本宮が、スーツが似合わないはずがない。カジュアルなノータイのスーツも、ビジネススーツも、そしてパーティ用のブラツクフォーマルもなんでもござれだ。

二人が並んでいるだけで、嫌でも注目が集まってしまう。

「このホテル、憶えてる?」

人目など一切気にせず、本宮は佑月に囁いた。佑月はそれには答えない。

「…フォーマルって脱がせたくなるよな」

佑月の眉がうっすらと寄る。

「そんなこと云いにきたのか?」

「まさか。寄付の趣旨に賛同したからだけど?」

「それはどうも」

冷たく返すと、少し離れたところで自分に合図を送っているご婦人に笑みを返すと、本宮を置いてそちらに向かった。

「槙原(まきはら)さま、本日はありがとうございます」

毎回大口の寄付をしてくれるご婦人に、佑月は日ごろの感謝をこめて丁寧に頭を下げた。

「一緒にいらしたの、本宮家の嗣敏さんじゃなくて?」

ご婦人は本宮をちらりと見て云った。

「…よくご存じですね」

「やっぱり。彼がこういうパーティに出席することは滅多にないから人違いかとも思ったのだけど、でもあんな人滅多にいないし。…うちは妹が本宮家の分家に嫁いでいるのだけど、あちらちょっと揉め事があったらしいわ。それで嗣敏さんは本宮グループには入らずにご自分で起業されたって聞いたわ」

「…そうなんですか」

佑月は初めて聞く話だ。

「でも噂以上に素敵な方ね。佑月さんと並ぶとそこだけキラキラしてたもの」

彼女の視線の先を佑月もそれとなく見ると、本宮の周囲には早速数人のご婦人たちが集まっている。

「救出してさしあげた方が…」

「…困ってるようには見えませんが」

「あらそうね」

女性の扱いは年齢に関係なく心得ているようだ。

佑月は半ば感心しつつ、会場を回って自分の仕事をした。招待客に記念撮影を頼まれても機嫌よく応じる。

「俺もいい？」

本宮がスマホを片手に、にっこり微笑む。

「まあ。私が撮ってあげましょう」

今しがた一緒に撮ったご婦人に云われて、佑月は断れなくなってしまった。

「ありがとうございます」

本宮はご婦人に礼を云ってスマホを渡すと、佑月と並んだ。

なんなんだこれは…と思いつつも、佑月は作り笑顔を浮かべた。

「あら素敵。私たちも一緒に撮ってもらいましょうよ。よろしいかしら？」

親切なご婦人はスマホを預かって、記念写真を引き受ける。気づいたらその人数がどんどん増えていった。

「あの、それなら僕が撮影を…」

佑月が抜けようとすると、ご婦人たちに怒られてしまった。

「まあ何仰(おっしゃ)ってるの。佑月さんが撮影してどうするの」

「そうよ。二人のイケメンと撮るから意味があるのに」

佑月は云い返せなくなってちらりと本宮の様子を窺う。しかし彼は乗りかかった船ということなのか、愛想よく受け入れている。

事態に気づいたセンターのスタッフが途中から撮影役を引き受けてくれて、何とか無事に撮影大会は終了した。

「嬉しい。孫に自慢しちゃう」

「楽しかったわ。寄付も奮発しないと」

「そうよ。皆さん大事な使命をお忘れなくね」

「そうでした。若い研究者の皆さまを支えるお手伝いをしなくてはね」

ご婦人たちは十二分に盛り上がってくれたようで、佑月はほっとして送り出す。

「…なんか、巻き込んだみたいで悪かった」

本宮にも礼を云う。

「いや、たまにはこういうのも楽しいよ」

「そう云ってもらえたら…」

ご婦人たちが帰ったあとの会場は招待客もまばらで、既に受付は閉じている。

「もう終わり？　このあとメシでも行かない？」

「まだ片付けがあるから…」

「手伝うけど？」

「招待客にそんなことさせるわけにはいかないんで」

佑月がきっぱりと断ると、本宮は笑いながらじゃあなと会場を出ていった。

あっさりと引いた本宮の背中をちらと見ながら、僅かにがっかりしている自分に気づいて慌てて打ち消す。いちいち本宮のことを気にしすぎる自分に嫌になる。

佑月は残っている数人の客に丁寧に挨拶をして送り出したあと、ホテルスタッフに終了を告げた。会場の後片付けは全部ホテル側がやってくれるので、あとは任せて控室に戻る。

控室では事務局の職員たちが部屋の片付けを済ませてくれていて、既に堅苦しいスーツも着替えていた。

招待客名簿などの事務局側の備品を抱えて、バンケットルーム専用のフロントに控室の鍵を返却して、全員でエレベーターホールに向かう。すると、廊下のソファでスマホを見ていたらしい本宮が彼らに気づいて立ち上がった。

「あ、さっきは！　ありがとうございます」

カメラマンをしてくれた事務局員が、すぐに本宮に気づいた。

「お役に立てて何よりです」

本宮は愛想よく返す。

「来栖さんと二人でいるとオーラ凄くて、僕らびびってました」

「ほんとほんと。特に今日はフォーマルなんで破壊力すごいですよ」

本宮は云われ慣れているせいか、特別な反応を示すこともない。

「今日は車で来てるんだ。よかったら送るけど？」

本宮は軽い調子で佑月を誘った。どうやらそのために待っていたらしく、佑月は不覚にも気持ちを揺さぶられてしまった。それでものこのこついていくわけにもいかない。

「いや、事務局に備品を戻さないといけないので」

断ってエレベーターに乗り込む。

「あ、僕らが片付けておきますよ」

職員の一人がすぐに反応した。

「そう。ワゴンをセンターに戻してから、みんなでご飯行こうってことになってて」

佑月がご飯の誘いに応じることはほぼないので、彼らも頭数には入れていないのだろう。

「どうぞ、本宮さんと一緒に帰ってください」

「そうしてください」

そう云って、佑月が持つ紙袋に手を出した。佑月もここで拒否するのは大人げないので、大人しく備品の入った紙袋を引き渡した。

地下のエレベーターホールを出ると、すぐ近くに本宮の車が停まっていた。エレベーター周辺はVIP客専用になっている。

「わ、ジャガー！」

「似合いすぎ…」

本宮はロックを解除して、佑月を促す。

「お疲れ様です」

職員たちに挨拶されて、佑月も流れで乗らないわけにはいかなくなった。

もしかしたら二人きりはまずいのではないかと思ったが、雨の日のタクシーのときのように過剰反応に思われるのも恥ずかしいので、とりあえず送ってもらうことにした。

「どっち方面？」

「T坂方面に行ってもらえるか」

「あれ、まだ実家？」

「いや。実家は出て、今はK町のマンションに…」

「K町ね。オッケー」

本宮は軽くエンジンを煽る。少し高めの独特のエンジン音が駐車場に響いて、本宮はゆっくりと車を発進させた。

ほらやっぱり自意識過剰だった。内心苦笑して、手持ち無沙汰の佑月は何となくスマホを弄ってしまう。

そんな彼をちらりと見て、本宮が口を開いた。

「さっき、あんたが話をしてたジバンシーのドレスのご婦人、誰だっけ。どっかで見た記憶があるんだけど…」

「ジバンシー？」

ブランドには疎い佑月には見当もつかなかった。

「パールピンクの…」

「ああ。槙原産業の社長夫人。…妹さんが本宮家の分家に嫁いだとか…」

「磯田(いそだ)の！　それでか。その妹さんの方に何度か会ったことある。そっくりだよ。てっきり本人だと思った」

「…本宮家で揉め事があって、あんたは会社には入らず起業したって云ってた」

何となく気になって聞いてしまった。

「そんな話してたんだ」

そう云ってふっと笑った。

「まあ、確かに揉めたかな。俺が二十歳になった年に、会長の祖父が俺を後継者に指名したりしたからな。表立って反対する者はいないまでも、みんな内心おもしろくないよな。それまでさんざん実力主義とか云ってきて親族以外の経営幹部だっているってのに、まだ会社に入ってもいない俺を名指しして、その理由がデュアルだからだって。バカにしてるだろ」

本宮はそのときのことを思い出したのか、呆れたように溜め息をつく。

「そもそも、俺の上にはめちゃくちゃ優秀な従兄がいるんだよな。ほら、俺らに部屋使わせてくれてたトモちゃん」

さらっと云われたが、佑月はその一言だけで一瞬にして過去のことを思い出してしまって、つい意識してしまう。

「彼は祖父にとっては初孫で、長男の長男でうちの親父たちも一目置くほど有能で、本人も自分が本宮グループを担うつもりで子どもの頃からばりばり勉強してた人なんだ。なのにデュアルじゃないからって後継者外されるなんて、俺からしてもあり得ない」

憤慨しつつも車線変更をして、譲ってくれたドライバーに軽く片手を挙げた。

「トモちゃんとこは、伯父さんはデュアルなんだけど、奥さんがベータなんだよな。祖父はそれが気に入らないんだ。自分が選んだアルファの許嫁を断って、ベータの伯母さんと結婚したことを未だに根に持ってる。伯父さんもそれがわかってるから、あまり強く出られない。時代遅れすぎて呆れるだろ」

「…いや、うちもそういうこと云う人いるよ」

旧家である来栖家の方がそういう傾向は強いかもしれない。

「やっぱ、そう？　嫌になるよな。そのせいでトモちゃんとも一時険悪になるしで、もうバカらしくなって一抜けしたわけ」

「…反対されなかったのか？」

「そのうち戻ってくると思ってるらしい。自分で一からやって苦労してみるのもいいだろうって。それもいい経験になるって。祖父は何でも自分の思い通りになると思ってるんだ」

本宮の怒りはもっともだと思いつつも、彼の祖父が彼を後継者にしようと思ったのは、デュアルというだけではないのではないかと佑月は思った。経営能力以上に彼にはカリスマ性があるからだ。

それに佑月の本宮のイメージでは、本宮自身がデュアルである自分を利用して、平然と大企業の後継者に収まりそうだった。それこそ自分がその中心に居座って、優秀な従兄に陰で支えてもらうことを考えそうではないか。

少なくとも高校生のころの本宮にはそんな傲慢さが見えた。人の中心にいることを運命づけられたような、誰もがイメージするデュアルを体現するような人物だ。

親の決めた婚約者と結婚して、同時に好き勝手に愛人を作る。そういうのが彼らしいと思っていたのだが、もしかしたら違うのだろうか。

「俺の世代はデュアルが少なくて、成人してる男は俺だけ。女は何人かいるけど、女のトップは今のところ例がない。それで俺に白羽の矢が刺さったってわけ。明治以降の成金が成功したに過ぎないくせに血筋がどうのデュアルがどうのって、くだらない」

本宮は吐き捨てるように云って、そしてあっと声を上げた。

「なに？」

「今のとこ右折だった」

「なんだ、そんなこと」

「K町って、C通り沿い？」

「いや、H坂の交差点を左折して少し入ったとこの…」

「H坂ね、了解」

本宮は信号待ちで停車すると、佑月に視線を向けた。

「そういえば、あんたの兄貴もデュアルだったよな。やっぱ結婚相手のこと、親はいろいろ云う感じ？」

「…いやデュアルじゃないよ。そう思ってる人多いけど」

「え…」

本宮は意外そうな顔をした。

「アルファだけどね」

「そうか」

頷いたが、佑月の兄のことを思い出したようだった。

「まだあんたのこと猫可愛がりしてそうだ」

佑月は思わず苦笑する。当たらずとも遠からずだ。自分の子どもができてからも、ベクトルが違うとか云って相変わらず佑月を可愛がっている。

「今は子どももいるし。甥っ子、めちゃめちゃ可愛いよ」

佑月の顔に笑みが浮かぶ。

「それはわかる。うちも兄貴のとこは女の子が二人いるから。姪とか甥って無責任に可愛がれるから、文句なしに可愛いよな」

本宮はウインカーを出して右折すると、またすぐに左折した。佑月は方向が違うのではないかと思ったが、自分が知らない抜け道があるのだろうと思って口を出さなかった。

「俺、二十歳になるまではデュアルで得したことしかないから、悪くないと思ってたけど、まさか就職やら結婚やらでこんなにいちいち家の指図を受けるとはな。兄貴たちの方がよほど自由にやってる」

「……」

結婚で指図を受けたということは、結婚相手を親に反対されたということなのだろうか。それはつまり、本宮自身が選んだ相手が家には相応しくないとかそういうことだ。

本命…。高原の言葉が今になって実感を持って響いてくる。

『ああいう男が本命に選ぶのって、どんな相手なのかしらね』

本命、いたんだ…。

いや、そりゃいるだろう。自分たちは既に結婚してる同級生もいる年齢で、むしろ相手のいない自分の方が少数派かもしれない。

問題は、それがこんなにもショックだということだ。

本宮に選ばれた相手、いったいどんな人なんだろう。

そんなことなんか考えたくないのに、どうしても頭から離れない。そのせいで、車が違う方向に向かっていることにはまったく気づいてなかった。

「もう着くよ」

本宮に云われて、佑月ははっと現実に戻る。

「え？」

本宮は車を減速させてパーキングの入り口までくると、車に取り付けたセンサーに反応してゲートが上がる。更に進むと、地下に入る手前にもゲートがあってパネルには管理人の顔が映し出される。

「本宮さま、お帰りなさいませ」

二か所で安全確認を行うと、奥のゲートも開いた。

「お帰りなさい？」

佑月は自分が彼のマンションまで連れて来られたことに初めて気づいた。

「けっこう鈍いね」

「……」

「何も云わないから、連れてきちゃったよ」

悪巧みの笑みを浮かべると、奥のエリアに車を回して、サイドブレーキを引いた。

「なんで……」

「なんでって？」

にやっと笑うと、事態が掴みきれていない佑月にいきなり口づけてきた。

本命いるんじゃないのか？　ああ、そうだ。美味しそうなものは何でも食べてみたい奴だったことを思い出す。

やば…と思ったときには、強引に舌が入り込んできて、いいように翻弄される。

「久しぶりに、こういうのもいいだろ？」

あんなに用心したはずなのに、このザマはなんだと思うものの、抵抗らしい抵抗もできないでいる。

ふと意識すると、本宮のブラックフォーマルは薄暗い車内でもたまらなくクールで、ぞくんと震えた。

「…あんた、ほんとにエロいよね」

満足そうに云って、指で自分の唇を拭う。

「このままやっちゃいたいけど、ここガードマンが定期的に巡回してるから……」

え、今なんて？　やっちゃいたい？

逃げないとと思うのだが、色っぽい目でじっと見つめられただけで、全身が震えてしまって逃げるどころではなくなってしまう。

狭い車内でも本宮からは匂いは感じない。それなのに、高二のときのように、というよりあのとき以上に奥が疼いてきたのだ。

なんなんだ、これは…。

本宮は車を降りると、助手席側に回ってドアを開けた。

佑月は慌てて本宮を見上げる。

「抱いた方がいい？」

真っ赤になって、慌てて立ち上がろうとしたが、足に力が入らなくてふらついてしまう。それを本宮がしっかりと支えてくれた。

「……か、帰る……」

恥ずかしくて、その腕を振りほどこうとする。

「冗談でしょ。そんな顔して…」

目を細めると、誘惑するように佑月に顔を近づける。あっと思ったときには、再び口づけられていた。軽い眩暈がして、佑月は立っているのがやっとだ。

もしかしたらフェロモンが漏れてるかもしれないが、そのことを考えられるだけの余裕はなかった。身体が火照ってきて、どうにかなりそうだ。

エレベーターに乗ったときはまだ弱々しく抵抗していたつもりだったが、本宮の部屋に入ったときには既にネクタイは緩められて、ドレスシャツのボタンを外されていた。そして、そのままベッドルームまで連れて行かれる。

「汚すとまずいよね」

鮮やかすぎる手際で佑月のジャケットを脱がせてベッドに組み敷く。そしてズボンも脱がせて、ソファの背もたれにかけた。

「あんた、ガード堅そうに見えて、一旦開けたらゆるゆるだよな」

ニヤニヤしながら、自分のネクタイを外す。

「ま、そういうの嫌いじゃないけど」

佑月から目を逸らすことなく、自分もシャツを脱ぎ捨てた。

「無理矢理やるのは趣味じゃないから」

獲物を前にした獣のように舌なめずりをすると、顎を掴んで自分の方を向かせて貪るように口づけた。

舌を差し入れて、佑月のそれをからめとる。追い詰めて吸い上げる。

執拗にキスを繰り返しながら、勃起している佑月のペニスに手を伸ばした。佑月を見下ろしながら、それを扱いてやる。

目は虚ろで、荒い息を吐く表情がたまらなくエロい。

「…気持ちいい？」

囁かれて、びくんと佑月の身体が震えた。

とっくに抗う気もなくなっていて、あられもない声を上げてしまう。

なんで自分は抵抗しないのか。というか、抵抗できないのか。

いやもっといえば、自分は彼を欲しがっている…？　その事実に気づいて佑月は驚愕した。

そもそも他のアルファとなら、こんな状況にすらなってない。自分が本宮を欲しているから抵抗できないだけなのでは。

否定したいが、もう身体の疼きが抑えられない。

「や……」

本宮に脚を大きく開かされて、慌てて身体を捩(よじ)った。しかしそれすらも誘っているようで、案の定本宮はニヤニヤしている。

「…可愛い顔するじゃん」

意地悪げに微笑むと、佑月の反応を見ながら二本の指を咥えて唾液で濡らす。それを佑月の後ろに入れた。

「あ……ッ…ん」

指は抵抗なく、奥まで埋まった。

「…すんなり入ったんだけど。自分でやってる?」

慌てて首を振るが、本宮は揶揄うような目で佑月を見下ろしている。

「来栖って、そうなん?」

そうなんって、何が…。まさかオメガだってバレた? 慌てて視線を逸らすと、本宮の指が少し乱暴に蠢(うごめ)いた。

「あ……」

佑月はたまらなくなって、背をのけ反らせて無意識にそれを締め付けてしまう。

本宮の眉が、どこか苛ついたように引き上がった。

「…なるほどね」

不機嫌そうな声で呟くと、ふうっと溜め息をついた。

「まあ、そりゃ相手くらいいるか…」

ぼそっと呟くと、一旦指を引き抜いて三本に増やした指をずぷりと突き入れた。　抜き差しを繰り返しながら、もう一方の手でペニスも弄ってやる。

「あ、んんっ……！」

声を上げまいと、手の甲を唇に押し当てるが、それでも漏れ出てしまう。

不意に八年前のことを思い出した。必死になって封じ込めてきたが何かの拍子で思い出す。

彼がどんなふうに自分を抱いたのか、忘れようとしても忘れられなかった。

そして彼を知っているそこが、疼いてどうしようもない。

もう何も考えられずに、佑月は短い声を上げて射精した。

本宮は佑月の放ったものを自分の勃起したペニスに塗り付けると、肩で息をしている佑月を気遣うことなく、再度脚を押し広げてその先端を潜り込ませた。

「も、…と、みや……」

佑月は苦しそうに眉を寄せる。

「…きつい。締め付けすぎ…」

「む、り……」

「息、吐け…」

云われるままに息を吐く。そのタイミングで本宮は腰を突き入れた。

「ああっ…！」

上がった声は淫靡に濡れていて、そこは本宮を拒むことなく、まるで待っていたように受け入れた。

「この、淫乱…」

揶揄うでもなく、どことなく怒ったように吐き出す。

淫乱と云われて否定したいのに、身体は本宮を求めてやんわりと締め付けている。そのことに佑月自身が混乱していた。

「くっ…」

そして本宮もまた自分が制御できなくなりそうで、何とかそれに抗っていた。うねるようにからみついてくる佑月の内壁に、思わず片目を瞑って快感をやり過ごす。

「なんか、むかつくな…」

自分が組み敷いている佑月が潤んだ目を向けてきて、彼の中の何かが爆発しそうになる。

セックスで我を忘れそうになるなんて、殆ど覚えがない。

「くそ…」

小さく吐き出すと、感情のままに乱暴に腰を突き入れた。そして、佑月に貪るように口づける。

「も、とみや……」

喰い尽くされそうなセックスに、佑月はただ身を委ねる。何度も襲ってくる快感の波に、溺れまいと本宮の背にしがみついた。

どうしていいのかわからないのに、自分の身体はとうに知っている。

それこそがオメガなのだ。

その事実を自分で受け止めることができないままに、彼はあられもない声を上げて、イってしまった。


翌朝、佑月が目が覚めたときにベッドには自分だけだった。周囲を見回して、次に昨夜のことが一気に押し寄せてくる。

なんだったんだ、あれは。ていうか、オメガだってバレてるんじゃ…。いやそれより、今何時だ…？

慌てて起き上がろうとしたところに、シャワーを浴びたらしい本宮が、髪を拭きながら入ってきた。

「あ、起きた？」

「本宮…？」

「あんたもシャワー浴びる？」

「…今、何時？」

「さあ。俺が起きたときは九時過ぎてたけど」

佑月の目が真ん丸になって、次に布団を跳ね除けていた。

「なに慌ててんの？」

「ち、遅刻…」

「今日、日曜だけど。日曜も仕事？」

「え……」

ぴたりと動きを止める。そう、昨日は土曜出勤でパーティだった。なので今日はもちろん休みで、ついでに明日も代休だ。

「そっか…」

ほっとしたのも束の間で、はっとして自分が真っ裸であることに気づいた。

「朝から眼福だな」

本宮がニヤニヤ笑いながら佑月をガン見する。

佑月はキッと睨み付けて、シーツを気持ち引き上げた。

「僕の服は…」

「そこにあるけど、先にシャワー浴びたら？」

指が示す先のソファには、ネクタイもシャツも皺にならずにかけられている。

「…このまま失礼させてもらう」

本宮はくすっと笑うと、見事な裸体を惜しげもなく晒して、佑月の前を横切ってクローゼットを開けた。

「よかったらどうぞ」

未使用のアンダーパンツをパッケージごと投げて寄越した。

「フリーサイズの、それしかないから」

「…ありがとう」

ぼそぼそと返すと、使わせてもらうことにした。

「朝飯くらい食べていけば？　簡単なのでよければこれから作るよ」

佑月はそれには答えずに、本宮の視線から逃れるようにそそくさと着替える。

「来栖って、けっこう場数踏んでるんだな」

自分のシャツを出しながら、そう云った。

佑月はボタンを留める手を一旦止めた。

「うっかり持ってかれそうだったよ。スカした顔してすげえな」

「……」

「男いたとは思わなかった。彼氏に怒られない？」

彼氏？　思わず眉が寄る。が、佑月は反論しようとして思い留まった。下手にオメガだとばれるよりも、勘違いされたままの方がいいんじゃないかと思ったのだ。

「俺はそういうの気にしないけど」

意地の悪い顔で佑月を見ると、大股で近づいていきなりキスをした。

「な……」

「…他人のモンだと思うと、燃えるね」

佑月は本宮の腕から逃れると、ジャケットとネクタイを引っ掴んで、廊下に出た。

「あー、忘れ物！」

本宮は佑月を追いかけると、スマホを渡した。

「…あんた……」

佑月の眉が寄る。

「いや。中見たりしてないぞ？　充電しておいただけだから」

「あ……」

「お礼はいいよ？」

「…ありがとう」

「いえいえ、パンツも返さなくていいよ」

楽しそうな本宮を振り返ろうともせずに、佑月はそそくさと部屋を出た。

なぜあんなことになったのか…。自分でもわけがわからないが、とにかくここには一秒だって長居できない。

誰ともすれ違いませんようにと祈る気持ちで廊下を急ぐ。

シャワーを浴びずに出てきたので、意識すると彼の匂いがしてきそうな気がして、居たたまれない。

幸いエレベーターの中は自分だけで、ネクタイを着けてジャケットを着る。自分がどんな顔をしているのか知りたくなくて、鏡を避ける。

少しだけ落ち着いてきて、何もなかったような顔をしてマンションを出た。

イギリスにいるときに、デュアルに誘われたことがある。

ピカピカの貴族で、スマートで、本宮のような遊び慣れた男だった。

佑月は相手に興味があったわけではないが、自分の身体の反応を知りたくて一度デートに付き合ってみた。

二人きりにはならないように気を付けて、もちろんピルはきちんと飲んで万一のときのための抑制剤も携帯した。近い距離で話をしたり、肩を組まれても本宮に感じたようなフェロモンは感じなかった。別れ際に冗談半分のキスをされても、まったくその気にならなかった。

佑月がなびかないので、相手はすぐに興味をなくしたようだったが、それを残念だと思うことはなかった。

佑月の容姿に引き寄せられるアルファ男性は多く、名門大ゆえかその中には数人のデュアルも存在した。発情期を迎えて以来、なぜかデュアルを嗅ぎ分けることができていたが、それでも佑月はその誰にも特別な感情を抱くことはなかった。

デュアル相手なら誰でもその気になるわけではないことがわかって安堵したが、それなら本宮とのことは何だったのか。それを考えるのは怖くて、この八年間ずっと封印してきた。自分は誰ともつがいにならずに一人で生きていけばいいと思っていた。

それなのに、本宮だけにこんなふうに反応してしまうなんて最悪だ。自分のことを遊び相手としか思っていない相手なのに。

今回は幸いなことに発情期ではなかったので、あれ以上の醜態を晒さずに済んでいたが、発情期に彼と会っていたらどうなってしまうのか想像もつかない。

これまでオーダーメイドの薬のお陰で、発情期であろうがなかろうが関係なくフェロモンの影響を受けずに過ごせてきた。性に対しては淡泊で、ずっとストイックな生活を送ってきた。本宮が聞いても信じないだろうと思うと、自嘲的な笑みが漏れてしまう。

佑月にだってもうわかっていた。

自分にとって、本宮だけがそういう相手なのだということが。

しかし本宮にとっては違うのだ。彼は気に入った相手とはすぐに寝るし、佑月もその一人だというだけの話だ。だから佑月に恋人がいたとしても気にならないし、それはそれで刺激的くらいにしか思ってない。

高原の言葉を思い出す。ああいう男が本命に選ぶのはどんな人なんだろうか。

考えただけで胸が苦しい。羨(うらや)ましいとか、妬ましいとか、そんな露骨な感情が湧き上がってくる。こんな感情は初めてなので、戸惑うし、できれば知りたくなかった。

そしてふと考えてしまう。もしαオメガだと知れば、本宮は自分を特別に扱うだろうか？

「いやいや違うだろ」

本宮はむしろ、アルファだのデュアルだのといったものに縛られる生き方を否定していたではないか。

「バカみたい」

佑月は小さく首を振った。

そんなこと、考えても仕方ない。

あんな男のことなんて早く忘れてしまおう。

自分は一人でだって生きていける。今の仕事は自分に合っているし、尊敬できる人たちに出会えて貴重な体験もできている。いくらかは世の中の役に立ってることもあるだろう。

今でも充分充実している。恵まれた境遇にいつも感謝している。

これでいいのだ。これ以上は望まなかった。

そのホテルのラウンジは国際色豊かで、ビジネスマン風のグループやツーリスト客から聞こえてくるのも、英語の方が多いくらいだ。

ハイブランドのファッションに身を包んだ華やかな客が目立つ中、佑月の存在はそこだけ空気が澄んでいるような独特な雰囲気があった。

中庭を臨む席で、ガラス越しに映る日本庭園と佑月が一体化していて、まるで一枚の絵のようだ。誰もがついそちらを見てしまうが、佑月にはそれらの視線が入ってこないのか、綺麗にスルーしている。

スマホに目を落としていた佑月は、ふと立ち上がると、待ち合わせていた中年男性に手を振ってみせた。

「片山先生、間に合ってよかったです」

片山教授はまだ四十代だが、東欧研究では日本国内のみならず海外でも高い評価を受けている逸材だ。彼はある人物に会うために、会議を抜け出してきていた。

「来栖くんは彼のことを知ってるんだよね？　どんな人？」

座るなり水を飲むと、そわそわとリサーチを始める。

「…如何にもイギリス貴族って人です。威圧感ハンパなくて、頭もべらぼうに切れるから…」

「それは論文読めばわかる」

片山は、既に定年退官して今はニューヨーク在住の恩師から、アンドリュー・オースチンが来日するらしいから必ず会っておくようにと勧められていたのだ。

しかし恩師に仲介してもらってもアポが取れずに、諦めかけているという話を聞いた佑月が、ダメ元でアンドリューに連絡してみたのだ。というのも、アンドリューは大学時代に佑月を誘ったデュアルに他ならなかった。

もしかして自分を覚えていたら…と思って連絡したところ、日本に入国するぎりぎりに返信をくれたのだ。

「それほど親しかったわけではなくて…。彼と交流があったのは短い間で、彼は早々にアメリカに留学してしまったので…」

佑月より三つか四つ年上なだけだが、国際政治学の研究者として世界中から高い評価を受けていて、母国の国防省からもアドバイスを求められることもあるという。

昨年出版した一般向けの書籍は、既に全世界で翻訳されていて、日本版でもこの分野ではぶっちぎりで売れている。

「メディアには滅多に出ないし、貴族だし、ちょっと緊張するよね」

「先生でも？」

「僕はけっこう繊細なんだよ」

「あ、先生。彼です」

佑月は、ボディガードに囲まれて自分たちの方に歩いてくる男に気づいて、腰を浮かせた。

「うわ、なんかめちゃめちゃ目立ってるな…」

片山も焦って立ち上がる。

アンドリューは、学生のようなカジュアルな格好をしていたが、それでもそこだけ光が当たっているように目立っている。

アンドリューの視線が自分たちの方に向いて、二人は揃ってお辞儀をした。

「佑月！　久しぶりだね。また会えるとは思ってなかった」

アンドリューはうっすらと微笑んで、佑月に握手を求める。

片山は、そんな二人を見て眩しそうに目を細めた。

「今日はお時間をとってもらえて…」

「佑月に会えるなら、多少の融通はきかせないとね」

アンドリューはそう云って、佑月に思わせぶりな視線を向ける。それを無視して、佑月は片山を紹介する。

アンドリューは愛想よく片山とも握手を交わした。

三人が席に着くと、ボディガードたちはそれぞれの位置につく。それを見て片山は再び緊張したようだったが、それでも佑月の誘導もあって肝心の話を始めた。

片山はアンドリューの論文で気になったいくつかの点を質問したが、その視点の確かさにすぐにアンドリューは彼に興味を持った。

二人とも防衛が専門で、佑月とは専門分野は違っていたせいで、聞いているだけで口を挟む余地は殆どなかったが、それでもときどき佑月の専門に関して話を振られることもあった。それに淀みなく答えることはできたものの、二人の知識の深さには舌を巻いた。

短い時間ではあったものの凝縮された有意義な時間を過ごすことができた上に、他の研究者も交えてのリモート会議にも誘ってもらえて、片山は満足そうだった。

「帰国は明後日とか？」

「そうです。片山先生とはもっと話をすべきと感じたので、また改めて時間をとります。ロンドンに来られるときは連絡してください」

その言葉に片山は感激して、それでも予定の時間をとっくにオーバーしていたので、あとを佑月に託して、大急ぎで会議に戻っていった。

「…実はそれほど期待してなかったけど、思わぬ収穫があった。とても興味深い人物だね」

片山の後ろ姿を見ながら、アンドリューは佑月に同意を求める。

「片山先生は今後ますます注目される研究者の一人だと思うよ」

「過去の論文も読んでおくべきだったと反省している」

面会のアポをとったのが来日のぎりぎりだったため、準備の時間がなかったのだ。

「プライベートでの来日なのに、時間をとってくれて本当にありがとう」

「きみも、明日僕に付き合ってくれる約束忘れないで」

片山との面談の交換条件として、アンドリューが妻のための着物を購入する手伝いを頼まれたのだ。

幸い来栖家が懇意にしている呉服屋は何軒かある。予めアンドリューから送られてきた画像を祖母に送って、希望にあいそうな店を選んでもらっている。

「着物は反物を選んで仕立てるのが一般的だと聞いたけど」

「昔は殆どがそうだったけど、今は既製品を扱ってもいるよ。スーツと同じだね」

既製品の服など着たことがないであろうアンドリューは、興味津々で話を聞いている。

そのとき、射抜かれるような強い視線を感じて、佑月はびくっと背後を振り返った。その視線の主を確認する前に、声をかけられた。

「来栖さん？」

振り返ったすぐ先にいたのは、高原だった。

「え…。高原さん…」

視線の相手は彼女ではないのは明らかで、気になって周囲を探してしまう。すると、その少し離れた先に本宮の姿があった。

やっぱり彼だった。そう思ったと同時にちりっとした痛みが胸に走る。そうか、二人はそういう関係だったのか。確かに高原は本宮に充分興味ありそうだった。誘われれば既婚者であろうが関係ないのだろう。

本宮は既に佑月の方は見てなかったが、あの視線は彼に違いない。そう思ってしまった自分に舌打ちしてしまう。それってただの自惚れでは？

本宮はタイトな黒いシャツに革パンツを穿いて、スタイルのよさを見せつけている。が、サングラスをかけているせいか、オーラをうまく消していた。

不倫だから隠してるってことかな。それならロビーで一緒にならなきゃいいのに。そんなことを考えてしまう。

「すごい偶然。今日、これから例のゲームの記者発表なんです」

「え、記者会見？」

「急遽出席してほしいって頼まれちゃって…」

明らかな自分の勘違いに、佑月は冷や汗が出てくる。

「あ、そうなんですか…」

不倫だと決め付けて恥ずかしいと思うと同時に、胸に刺さった棘がするっと抜けた感覚に、現金すぎる自分を嘲笑するしかない。

「…あらお話し中なのに失礼。…こちらもしかして……」

高原は英語に切り替えてアンドリューに視線を向ける。

佑月が高原にアンドリューを紹介すると、高原は彼の著書を読んでいたらしく、すっかり舞い上がって感想を述べている。

「あー、残念。でも行かないと…」

彼女が向かった先に、本宮とクリエイターの仁科と三浦の姿があった。他に佑月は会っていない二人のスタッフが一緒で、彼らは全員がストリート系ファッションで高級ホテルのロビーでは異質な存在だというのに、さっきまで佑月の目にはまったく入ってなかったのだ。

高原が名残惜しそうに本宮たちに合流するのを佑月はぼんやりと見ていたが、佑月に気づいた三浦たちが嬉しそうに手を振る一方で、本宮からはガン無視されていた。

佑月は気を取り直してアンドリューと明日の確認をすると、ロビーで彼と別れた。

アンドリューは貴族で、デュアルで、フロアにいた人が殆ど例外なく振り返っていたほどの美貌と存在感で、それを客観的に認めてはいるものの、それが佑月に特別な感情を抱かせることはなかった。

特にこの日は発情期の直前ということもあって用心はしていたものの、ふだんと何も変わらずに接することができていた。つまり、自分が彼に影響されることも、また自分に彼が影響されることもなかったのだ。

それで油断していたわけではないが、そのときに本宮に会うことは想定していなかった。

翌日のミッションは概ね成功だった。

アンドリューは訪れた先々で気に入った反物を片っ端から購入して、佑月はそれを仕立ててもらう手筈（てはず）を整えた。

片山だけでなく、アンドリューと同じ分野の研究者はセンターには他にいるので、彼との付き合いは大事にしておきたかった。なので多少の気は遣うもののそれも仕事のうちだ。

アンドリューは日本での最後の夕食を在日の友人と約束しているらしく、一緒にどうかと誘われたが、それは断った。薬はこの期間に合わせたものを使っているし、抑制剤も常に携帯していたが、それでもデュアルであるアンドリューと何時間も一緒にいることで何かあっては困るからだ。発情期中はどうしても避けられないこと以外は避けておくのが、オメガとして生きる佑月には当然のことだった。

特に何の問題もなくホテルで彼と別れると、寄り道もせずに帰途につく。

精算を終えてマンションの前でタクシーを降りようとしたとき、路上にジャガーが停まっているのに気づいた。

このあたりで高級外車を見ることはそれほど珍しくはないが、型式もカラーリングも本宮のものと同じだ。

どくんと、心臓が震える。

無視した方がいいと思って慌てて視線を逸らすが、佑月がマンションの玄関に入る前に車から人が降りてきた。

「よう」

その声に佑月の全身が反応する。

「あと十分待って帰って来なかったら、帰ろうかと思ってた」

いつものように捉えどころのない笑みを浮かべてはいるが、本宮はどことなく怒っているようだった。

「…なんで……」

「アンドリュー・オースチンが、あんたの男？」

佑月はその言葉の意味がすぐに頭に入ってこなかった。

なぜアンドリューのことを…？　ああ、そうか、昨日ホテルで見てたのか。ていうか、あんたの男とは？

「イギリス貴族じゃん。ああいうのに開発された？」

本宮の顔から笑みが消えた。

わけがわからないけど、これ以上話を聞いてはいけないと佑月は直感的に思った。無視しなければ、そう思うのに足が動かない。

佑月が返事もせずに、立ち止まったままでいることに焦れたのか、本宮はゆっくりと佑月に近づいてきた。

「…なんか、むかつく。あんたの最初は俺だろ?」

そっと囁きかける。

その瞬間、佑月は自分に何が起こったのかわからなかった。

本宮のフェロモンが一気に脳天まで届いて、立っていられなくなる。

よろめいた佑月を、本宮が抱き留めた。

「おい、大丈夫か?」

佑月は必死でポケットを探って、目当てのものを探し当てると、それを鼻先に突っ込んで噴射した。

「来栖…?」

何かを考えている余裕もなく、深呼吸をして目を閉じた。

ものの数秒で効いてくるはずだ。しかし暫く待っても動悸が治まらない。

急激に強い不安が押し寄せてきた。

「歩けるか？」

本宮が心配そうに声をかけてくれて、佑月は縋るような目で彼を見てしまった。

「…来栖……」

本宮は何か云いたそうだったが、それでも肩を貸してくれた。

「だ、い、じょうぶ……」

少しも大丈夫なんかじゃない、本宮の顔がそう云っている。そして彼に云われるままに、玄関のオートロックを解除していた。

抱えられるようにしてエレベーターに乗り込んだが、本宮のフェロモンを嫌というほど嗅いでしまって、佑月は今にも爆発しそうだった。

「ここ？　鍵は？」

部屋の前まで来て、佑月は鞄を探って鍵を取り出すことはできたものの、自分ではうまく鍵穴に差し込めない。

「何やってんの……」

本宮は佑月から鍵を取り上げて、開けてやった。

「…気分悪い？　俺、帰った方がいい？」

佑月は、慌てて本宮を見る。本宮の表情に揶揄の色はなく、ただ心配そうに自分を見ていて、佑月は思わず云ってしまった。

「か、帰るな……」

口をついて出た言葉に、思わず口を覆った。

自分でも何でそんなことを云ってしまったのかわからない。これではまるで誘っているも同然だ。慌てて自分の口を塞ぐ。

「来栖…」

「う、嘘」

ふるふると首を振る。

「嘘？」

「間違い。帰っていい」

「間違いって…」

本宮は苦笑してるように見えて、佑月は恥ずかしくなってドアを開けて中に入ろうとする。

そんな佑月の腕を掴むと、少し強引に引き寄せて口づけた。

「あ……」

舌が入ってきて、中を蹂躙（じゅうりん）される。

その瞬間、佑月の何かが爆発した。

ずっと薬で抑え込んでいた佑月のフェロモンが、爆発して本宮を襲ったのだ。

「な、なんだ……」

本宮が思わず片目を瞑る。

抗えない甘美な誘惑。たまらなくそそる匂いに、それに応えるように本宮のフェロモンも更に強くなった。

「あんた……、オメガだったんだ」

それは疑問ではなく、確信だった。

バレた…。佑月の表情が凍った。

「そういうことか…」

溜め息交じりに云って、目を細める。

佑月は突き放されると思ったが、そうはならなかった。

佑月の首に顔を埋めて、執拗にそこを嗅ぐ。ぞくんと佑月の身体が震えた。

「めちゃ、いい匂いするな…」

恍惚と目を細める。

アルファが、発情したオメガを突き放せるわけがない。理性でどうにもならないのだから。

二人とも本能には抵抗できない。お互いのフェロモンに捕まって、ひたすらに相手を求めてしまうのだ。

佑月にとって、発情期のセックスはこれまでとはまるで違っていた。

確かにそれまでも、佑月は本宮に求められると抵抗できずに流されるように抱かれてしまっていたが、今はそんな生易しいものではなく、ひたすらに本宮が欲しくてたまらない。

今突き放されたら、きっと縋りついてしまう。みっともなく、本宮に抱いてほしいと懇願してしまう。

そんな切羽詰まった表情の佑月を、本宮はシューボックスに押しつけて激しく口づけを続ける。

佑月の舌に自分の舌をからめて翻弄する一方で、巧みに佑月のネクタイを外していた。そしてシャツをはだけさせて乳首を指で愛撫する。

「は……ぁ……っ……」

佑月は立っていられなくなって、ずるずると玄関に崩れた。

「…可愛いな」

興奮した目を細めて、舌で自分の唇を舐める。そしていきなり佑月を抱き上げた。

「わ……！」

慌てて本宮にしがみついた。

「寝室は？」

佑月は、一瞬躊躇したもののそれでもドアを指さした。

本宮はベッドに佑月を寝かせると、露わになった陶器のように滑らかな喉に舌を這わせた。舌は徐々に降りていって、胸の突起に辿り着いた。ピンクの乳首がぷくんと勃起していて本宮を誘う。

「色っぽいな…」

その先端を、本宮は何度も舌で転がしてやった。

「あ…、ぁ……」

佑月は腰を捩らせて悶えてしまう。それが、本宮に更に火を点ける。

「こんなに濡らして…」

下着の中に入り込んできた本宮の指は、しっとりと濡れている佑月の後ろにずぷずぷと埋まった。

「滴ってる」

言葉どおりに、溢れて下着を濡らしている。

「あ、はや、く……」

うわ言のように呟いて、本宮を欲しがってしまう。それを恥ずかしいと思うよりも、とにかく挿れてほしくてたまらないのだ。

「…発情してる？」

今更否定しても意味がないと思って、佑月は目を閉じてこくこくと頷いた。

「やべえな…」

本宮の声も掠れていて、それが何とも色っぽい。

本宮は焦らすこともできずに、忙しなくポケットから取り出したコンドームを着けると、待ち焦がれた佑月のそこに挿入してやった。

「ぁ、あ…あっ…！」

もう自分が抑えられない。本宮の背に腕を回して、ぎゅっと抱きついた。

そこは、これまで以上にうねるように本宮のペニスを締め付ける。

「くっ…」

自分を見下ろしていた本宮の顔が、快感に歪む。それを見た佑月は全身が震えた。

自分が彼を悦ばせていることが嬉しくて、中がとろける。

「くる、す……」

本宮の腰の動きが激しくなる。中に埋まった本宮のペニスが、内壁を擦り上げていって、その快感に佑月はあられもない声を上げ続けた。

「あ、ぁ、い、いいっ…」

お互いのフェロモンに翻弄されて、執拗に求め合った。


二人は泥のように眠っていたが、本宮が先に目を覚ました。

「や、べえ…」

枕元の時計を見て、飛び起きた。秘書が迎えに来る時間はとっくに過ぎている。

「スマホ…、どこやったっけか」

脱ぎ散らかした服を一枚ずつ拾い上げて、廊下に落ちていた革のパンツを探し当てた。ポケットに突っ込んだスマホを取り出すと、案の定、尾野から何件もメッセージが入っていた。

急いで電話をして、昼までの予定を調整させる。

『了解しました。それと、メールも送っていますが、G署から愛車をレッカー移動させて保管しているという連絡が入ってます』

車は会社名義になっているため、会社に連絡がいっていたらしい。

「あー。そう…」

苦笑まじりに返して、本宮は見つけ出した服を身に着けた。そして電話を切ると、急に思い出したように慌てて寝室に戻った。

「来栖、あんた仕事いいのか？」

「え…！」

佑月は飛び起きたが、はっと思い出して動きを止めた。

「…今日は休み。有給の消化で…」

発情期に合わせて連休をとるのはいつものことだ。一週間まるまるというわけにはいかないが、土日に合わせて二連休すれば発情期の半分以上出勤せずに済む。休む必要を感じることはこれまでなかったが、それでも万一を考えてのことで、仕事もそれに合わせて調整しておけば迷惑もかからない。

佑月は寝不足の顔でぼそぼそと返すと、こてんとベッドに横になった。

それが可愛くて、本宮は口元で笑いながらベッドに近づく。

「おはよ」

髪を撫でると、佑月にちゅっと口づけた。

それだけのことで、佑月にまた火が点いた。

「あー、まずかったか」

佑月からフェロモンが溢れ出て、本宮もそれをもろに浴びてしまう。

「やべー。時間ないのに…」

云いつつも、佑月が欲しくてたまらなくなっている。

「ちょ……」

佑月は弱々しく抵抗したが、それでもヒート状態の本宮の匂いに既に捕まってしまって、それに反応して更に甘い匂いを溢れさせた。

身体のあちこちに自分がつけた痕が滑らかな白い肌に浮き立って、それが何とも卑猥で、本宮はムラムラしてくる。

「朝から濃いな」

揶揄うように云うと、佑月をうつ伏せにさせて後ろの孔を露わにした。

「…さすがにちょっと腫れてる？」

その言葉に、佑月は恥ずかしくて思わず目を閉じてしまう。昨夜のことが部分的に思い出されて、身体が一層熱くなる。

本宮の指先が触れると、少し腫れたそこから愛液が漏れてきて指を濡らした。

「やーらしいな」

本宮は遠慮なく指を埋めて、中をくちゅくちゅと慣らす。

「痛い？」

聞かれて、佑月は小さく首を振った。それよりも、早くそれが欲しかった。

赤く腫れてはいても、佑月のそこはあまりダメージはなさそうだ。

「辛かったら云えよ？」

優しく囁きつつも、時間がなかったのですぐに指を引き抜いて、そして自分のものの先端を潜り込ませた。

「あ、っ……」

そこは殆ど抵抗なく、本宮のものを受け入れた。

そして、ねっとりとからまって、本宮のものを締め付ける。

「…昨日、あんなにやったのにな…」

自嘲気味に呟きながらも、自分のペニスで佑月を何度も突き上げる。

本宮のフェロモンを嗅いでしまうと、佑月はまともに思考できなくなる。頭がクラクラして現実なのか夢なのかすらわからない。そして挿入されるまで、疼きは止まらないのだ。

「あ、い、い……っ…」

気持ちよすぎて、声が抑えられない。

顔を本宮に見られていないせいか、昨夜以上に乱れてしまう。殆ど無意識に、自分から腰を揺すって更に深く彼を咥えこもうとする。

「あ、もっと…お、く……」

自分がもう何を云っているのかわかっていない。

本宮はそんな佑月に煽られてしまう自分に気づいて、僅かに眉を寄せた。

「あのイギリス貴族とは切れておけよ」

本宮のその言葉は、既に佑月の耳には届いてなかった。


目が覚めとき、佑月は不安のただ中にいた。

枕カバーがしっとりと濡れていて、ふと自分の顔に指を当ててぎょっとした。どうやら自分は泣いていたらしい。

哀しい夢のせいで泣いていたのだと思い当たって、愕然とする。

夢で泣く？　そんなこと…。

それは本宮が自分から離れて行く夢だった。

『なんでオメガだって黙ってたんだ？　アルファだと思わせておいて。人を騙すような奴とは付き合う気はないから』

そんなふうなことを云っていた、気がする。

そうだ、バレてしまったのだ。自分は本宮が自分をアルファだと誤解していることを知っていて、しかし訂正もしなかったのだ。

騙されたことと、オメガだと知らずに寝たこと、たぶんそのどちらも彼にとっては不本意に違いない。

彼は軽蔑しただろうか。

本宮が自分を抱いたのは、オメガのフェロモンのせいだろう。本能がそれを求めただけで、アルファがそれに抗うのは難しいはずだ。それを利用したと思われたかもしれない。

思い出すと哀しくて、胸が痛い。

深い溜め息をついて、のろのろとバスルームに向かった。

昨日から自分の身に起こった変化は、佑月には説明がつかなかった。

薬はちゃんと効いていた。アンドリューといるときにも何も変わらなかったのだからそれは間違いない。八年前とは違って、今の薬は発情期にデュアルといても気づかれないくらいの効果はある。

なのに、あんなことが起こるとは。しかも抑制剤すら効果がなかった。

厳密に云えば効果はあったのだ、その証拠に本宮はすぐに佑月のフェロモンを感じたわけではない。抑制剤が佑月のフェロモンを抑える効果は確かにあった。しかし佑月の性欲を抑制する効果はなかったのだ。

そして何とか抑えられていたフェロモンは、本宮に触られることで簡単に爆発してしまう。

そうなると、もう薬などなんの役にも立たない。

佑月は、昨夜の自分をあまりよく覚えていない。

自分から欲しがって、悦んで彼を受け入れて、そして彼も満足していた。そんな恥ずかしいことがあるはずがない。あるはずがないのに、身体はくたくたに疲れている。

本宮にだけ反応してしまうことを、自分はとっくに知ってたはずだ。だからこそ、彼とは距離を置くべきだとわかってたくせに。

それなのに、少し強引に誘われるともう拒絶できないでいる。

鏡に映る、本宮につけられた痕が生々しくて、中心がじわっと熱くなってくる。

鏡から目を逸らして、勃起しかかっている自分のものをぎゅっと握る。が、そこを扱いただけでは収まらない。

奥に本宮のものが擦り付けられる感覚を思い出して、躊躇いつつもそこに指を入れてみる。

自分の指ですら、そこは待ち受けていたように開いて呑み込んでしまう。くぷくぷと淫靡な音をさせてもっと欲しがっている。

佑月は唇を噛んで、一気に指を増やしてずぼずぼと中に埋めた。

「あ、…あっ……」

バスルームに響く自分の嬌声に、よけいに煽られてしまう。

自分で前を扱きながら、後ろに埋めた指で中を弄る。

「は、はぁ……っ！」

恥ずかしいほどの声を上げて射精してしまった。

それでもすっきりした感はまるでなく、まだ何かが燻っている。

戸惑いながらも汚れた手を洗い流して、バスルームを出た。

発情期に合わせて休みをとったときは、出歩かずに部屋で論文を読むのが常だった。それなのに本宮のことを思い出してオナニーとか、情けないにもほどがある。

とにかくいつものように過ごさなければと、冷凍食品のパスタを電子レンジに放り込んで、パソコンで論文をダウンロードした。

食べながら、無心になって読む。込み入った国際情勢の話を注意深く読み込んでいけば、邪念など入り込む余地はない。

いくつかまとめて読んで、アンドリューから勧められたものも探してみる。

視点が独特で難解だ。それをより深く理解するために、更に関連した記事を探す。

集中していると、あっという間に何時間もたっていた。

一旦パソコンから離れて、コーヒーを淹れる。温めたミルクをたっぷり入れたものを飲みながら、詰め込んだ知識をじっくりと馴染ませていく。

そうしていると、インターホンが鳴った気がした。

宅配便か何かだろうと、応対してみて驚いた。

『さっきからラインしてるんだけど』

パネルに映し出されたのは、本宮だった。

「え……」

一瞬、佑月には状況が把握できなかった。

『車、停めたいんだけど、管理人が了解とってくれって』

「車？」

『またレッカー移動されたらたまらん』

「レッカー？」

オウム返しにする佑月に、本宮は苦笑している。

『やっぱ読んでないんだ。ラインしたのに』

「…スマホ、見てない」

『だろうさ。とりあえず、ご飯買ってきたからさ』

袋を持ち上げてみせる。

本宮、怒ってない？　いったいどういうつもりなんだろうか。

さっき本宮とは距離をとると反省したはずなのに、佑月は状況が把握できないままに管理人に連絡を入れてしまう。

どうやら、長時間路上駐車されていた高級外車を警察に通報したのは管理人だったようで、お詫びまでされてしまった。

「いえいえ、当然のことですよ。謝らないでください。こちらが悪いんですから」

本宮が近くにいただけで欲情してしまったのだ。そう、今ならわかる、あのときに自分は彼に欲情したのだ。つまり、もしかしなくても自分のせいじゃないか。穴があったら入りたくなった。

『そう云っていただけると…』

管理人によけいな気を使わせてしまって、何をやっているんだと思う。

路駐でレッカーされたらどうなる？　違反による減点と罰金と…。申し訳なくて、せめて罰金は自分が払うべきだろうと財布を探す。

あ、その前にスマホ…。

ソファに放置されていたスマホを拾い上げてロックを外すと、本宮からの着信がずらっと表示されていた。

短いメッセージの多くは、佑月を気遣うものばかりだ。

『具合、悪い？』

『なんかあったら連絡してこいよ』

『起きたらラインして』

『飯買っていくから、一緒に食べよ』

佑月は胸がきゅんとなった。何これ…。

やば…、顔が熱い。

佑月は慌てて、抑制剤をスプレーする。

なに喜んでるんだよ。さっき距離をとると…、しかしその理性的な考えを自分は敢えて無視しようとしていた。

せっかくご飯買ってきてくれたんだから…。ちゃんと謝って…、帰ってもらうから…。

語尾があやしい。理性的な自分はもうどこにもいない。

再びインターホンが鳴って、佑月は玄関まで出迎えた。

「今度は来客用の駐車場に入れたから安心だ」

本宮はふっと笑うと、慣れた仕草で佑月にちゅっと口づけた。

「な……」

あまりにも自然にキスをされて、佑月は思わず後退(あとずさ)る。薬を使っているのに、容易く火を点けられてしまう。

「えー、照れてんの。可愛いねえ」

ニヤニヤしながら、中に入る。

「あ、あの、罰金、俺が払うし」

話題を変えるべく慌ててそう云って、財布を握る。

「いいって」

「や、けど…」

「それよか、鮨にしたけどよかった？」

折詰を広げる。いかにも高級そうだ。

佑月はごくりと唾を呑み込んだ。冷凍の味気ないパスタを食べてからはそれなりに時間がたっていて、いい具合に空腹だった。

すっかり本宮のペースで、佑月も鮨をいただくことになってしまった。

「わ、おいし…」

持ち帰りの鮨とは思えない美味しさで、佑月はついつい食べてしまう。

「昼は食べた？」

「食べたよ」

「自分で作って？　ていうか、あんた自炊するんだ」

レンチンは自炊と呼んでいいのだろうか？　それでもごく簡単なものなら自分でも作れる。

「まあ、たまにだけど」

「へえ。今度作ってよ」

佑月は思わず顔をしかめた。口の肥えた本宮に食べさせるものなど作れるはずがない。肉と野菜を適当に切って炒めたものとか。茹(ゆ)で野菜とサラダチキンにドレッシングをかけただけのものとか。とりあえず野菜と動物性蛋白質(たんぱくしつ)がとれていれば合格のレベルだ。

「…兄からアスリートのトレーニングメニューじゃないんだからって云われたな」

想像がついたのか、本宮はクスクス笑っている。

「俺、明日の仕事全部、別日に振り分けてきた。あんたも明日休めよ」

さらっと云われて、佑月はさすがに眉を寄せた。

「そんなことできるわけ…」

本当は元々明日も有給をとっているのだが、この流れではまるで期待しているみたいでさすがに云い出せない。

「できるだろ。急に熱出ましたとか？　なんなら今からメールしとけば？　そしたら周囲も段取りできて安心だろ」

本宮は手を伸ばして、佑月の指に思わせぶりに自分の指を絡めた。

いっぺんに佑月の体温が上がって、思わず目を閉じた。

「なに勝手な……」

小さい声で返したが、本宮にはもう全部見抜かれている。

「だって、昨日みたいになったら収まりつかないだろ？」

どこか揶揄うように云われて、カッと頬が熱くなる。

「は、離せよ…」

「あんた、こんなんでこれまでどうしてたんだよ。いつもあの男がいるわけじゃないだろ？」

「…あの男？」

掴まれた手に神経が集中してしまって、何を聞かれているのかわからなかった。ぼんやりした頭で聞き返すと、本宮の目の色がちょっと変わった。

「イギリス貴族野郎。あいつにヤってもらってたんだろ？」

ようやっとその意味に気づいて、佑月は本宮の手を払った。

「なに勘違いしてんだよ」

「勘違い？」

「アンドリューは妻帯者だぞ。僕はあんたとは違う」

「は？」

「既婚者相手でもかまわず手を出すあんたと一緒にすんな！」

つい声を荒らげてしまう。

「…あんた、なんでそんなこと知ってんの？」

「……」

「まあ否定はしないけど…」

そう云うと、何か企むような笑みを浮かべた。

「もしかして、嫉妬してる？」

「す、するか！」

云った途端に、佑月はしまったと思った。これでは肯定してるも同然だ。

「来栖、可愛いー」

テーブルを乗り越えて、佑月にキスをした。

「は、離せ…」

「やだね。それよか、貴族野郎のこと。話逸らすなよ」

「逸らしてないから」

「んじゃ聞くけど、いつからの付き合い？」

「それ、あんたに関係ないだろ」

本宮の目が不快そうにまた光った。

「関係ないわけないだろ。デュアルとシェアなんてあり得ないからな」

「シェアって、そういう云い方…」

「んじゃ、二股?」

佑月は露骨に眉を寄せた。

「…あんた、最初っから相手いても気にしないって…」

佑月の言葉を、本宮は遮る。

「オメガとなったら話は違うだろ。あんたが貴族野郎のつがいになったら、俺とはヤれなくなるんだから」

その身勝手すぎる言葉に、佑月は思わず本宮の頬を叩いた。

「て……」

「ふざけんなよ。おまえ、何様? デュアルなら何云ってもいいと思ってんのか?」

佑月の目が、これ以上ないほど冷たく本宮を睨み付ける。

心底呆れ果てた。こんなことを云う奴だったとは。

「人を何だと思ってる。オメガを何だと思ってる。デュアルなら誰でも喜んで尻尾振って股開くとでも思ってんのかよ！」

情けなくて涙が出る。

「来栖…」

「もう帰ってくれ。二度とその面見せんな」

そう云った佑月の目から大粒の涙が溢れた。

「来栖、あんた……」

涙に気づいた本宮が、佑月に手を伸ばす。それを佑月は振り払った。

「さっさと帰れ…！」

立ち上がって乱暴に涙を指で拭うと、リビングから出ていこうとする。それを本宮が追いかけた。

「は、なせ…よ…！」

掴まれた腕を振りほどこうとしたが、本宮はそれを許さず強引に引き寄せた。

「や…め…！」

「…もしかしてあいつとは関係ない？」

しつこく聞かれて、佑月は思わず溜め息をついた。

「関係ってなんの？　一昨日会うまで何年も連絡すらとってない」

「え…」

本宮の男前の顔が、呆けたように佑月を見ている。

「…寝て、ない？」

「ずっとそう云ってる」

「じゃあ、発情期のときは……」

「薬があるからなんの問題もない」

きっぱりと返すと、本宮はほっとしたように微笑んだ。

「そう、なんだ…」

初めて見る本宮の表情に、佑月は少し戸惑う。

「…ごめん。俺、誤解して嫉妬した」

誤解？　嫉妬…？

本宮は佑月の指に自分の指をからめると、そっと口づける。優しいキスだった。そしてそれは繰り返すうちに熱を帯びて、しだいに息苦しくなってくる。

「俺だけ、なんだよな？」

束縛する目で云われて、佑月は背中がぞくりと震える。それと同時に火が点いた。

あ、ダメだ…。こんな身勝手な男。ろくでもない。

そう思うのに、自分を求める本宮の匂いに抗えない。

「や、だ……」

拒んでいるつもりなのに、誘っているような声が出てしまう。

「来栖…。いい匂いしてる…」

…仕方ない。発情期なんだから…。そんな言い訳をしてみるが、あまり意味はない。

もうすでに奥は疼いていて、本宮を欲している。

「ひどいこと云って、ごめん」

佑月の顔を両手で掴むと、更にキスを繰り返した。

きつい抑制剤を嘲笑うかのように、佑月からは本宮を求めるようにフェロモンが溢れる。どんな薬も、本宮を前にした発情期の佑月には効果がないことがはっきりした。

「来栖、可愛い…」

涙で濡れた頬を、本宮が舐める。

「なんか、すごい気分いいな」

ヤニ下がった顔で云っても、イケメンはやっぱりイケメンだ。

「そっかー。俺だけなのかー」

満足げに微笑むと、佑月を膝に抱きかかえてぎゅっと締め付けた。

本宮のフェロモンがどこか甘くて、佑月はそわそわしてきてしまう。そんな佑月の耳の下を舐める。

「あー、いい匂いー」

くんくん匂いを嗅ぎながら、佑月のベルトを器用に外す。

「あーほら、もう勃ってる」

後ろから覗き込んで、それを握ってやった。

「…今日、何してた？」

「え……」

「俺のこと待ちきれずに、オナニーとかしてたんじゃない？」

冗談のつもりの本宮の言葉に、佑月はびくっと震えてしまった。

「あー、やってたんだ？」

「ち、ちが……」

「自分でお尻弄ったりとか？」

そう云って、後ろに指を潜り込ませる。

佑月の身体がびくっと跳ねた。

「…もう濡れてるじゃん。そんなに欲しかった？」

佑月のパンツは下着ごと膝まで押し下げられていて、それがまた何ともエロい。

「ちょっと腰浮かせて？」

云われるままに少し腰を浮かせる。その入り口に本宮のものが擦り付けられる。

「あ……」

「そのまま腰落として。自分で入れてみてよ」

佑月は躊躇しつつも、本宮のペニスを呑み込んでいった。

「あ……っ…」

ずぷりと深くまで呑み込むと、その衝撃に頭がスパークする。

ゆるゆると腰を揺すってみるが、それだけでは足りない。

「来栖、焦らすな…」

動かない佑月に、本宮は焦れたように囁く。そして佑月を促すように、二、三度腰を突き上げてやった。

「あ、ん…っ…！」

噎せるような本宮のフェロモンで、佑月のタガが外れた。

手をついて自分を支えると、ゆっくりと腰を上下させる。本宮の屹立するペニスに自分の内壁を擦り付ける。

「は……ぁ……ぁ……」

艶めかしい息を吐きながら、自分のいい場所を探すように腰をくねらせる。

本宮に思うさま突かれるのも気持ちいいが、自分でやるのもまた格別だった。

「あ、いい…」

溜め息まじりに吐き出して、中の本宮をぎゅっと締め付ける。

佑月は本宮の上で、夢中になって腰を振った。

本宮は佑月の発情期が終わるまで、佑月のマンションに毎晩のように通って来たが、ろくに話もせずにセックスするだけだった。

それは本宮のせいというよりは、佑月自身、本宮の匂いを嗅ぐだけで欲情してしまうから仕方のないことだった。

そして発情期が終わると、本宮からはぴたりと連絡は途絶えた。

本宮の独占欲は、数か月に一週間だけのオメガの発情期を自分が独占したいというだけのものだと思い当たって、佑月は自分を嘲笑った。

本宮にとっては、自分がアルファだとしてもオメガだとしても大した問題ではないのだ。ただ抱くのに都合がいいだけの相手。たぶんお互いにとってそうだと考えているだろう。

ときどき一緒にご飯を食べて、その後寝るだけ。お互いに対して責任がなく、あと腐れのない関係。本宮にはそういう相手が他にもいそうだが、その中に自分も入っただけなのだろうと佑月は理解していた。

八年前は、本宮にオメガだと知られることが怖くて逃げ出したが、それは実は大した問題ではなかったなんて笑える話だ。

ただ、本宮が他にいない相手だとわかっただけのことだ。しかしそれは自分にとってなだけで、本宮は違う。

いつか終わる関係だ。本宮が自分に飽きたり、もしくは本命と呼べる相手ができたときに、自分は用済みになる。

デュアルがオメガと本気で付き合うなんて話はまずない。殆どは快楽のための関係だ。もしあるとすれば、子どもを産ませるためだ。

そもそもアルファがオメガを囲うのは、繁殖力の高さに目をつけてのことだ。

「運命のつがい」なんてものを信じるオメガもいるが、そうやってオメガを縛って自分の子を産ませるのだ。しかし籍を入れるようなことはまずない。もちろんまったくないわけではないが、それはレアケースで一般化できない。

ただ、同じオメガでもαオメガは例外だ。

数十年前に、世界中の王室でαオメガとの婚姻が流行したことがある。デュアルの王族を復活させるためで、それを機にαオメガの地位が爆上がりしたのだが、オメガをアルファを産む機械扱いしていると人権団体が問題にしてタブー視された。しかし今でもαオメガは上流社会では求められていて、別格扱いされている。

しかしそれは、希少種を産む希少種だからということは明らかで、求められているのが自分自身ではないと佑月は思ってしまう。だから、そのことをまだ本宮に打ち明けられなかった。

佑月は、いまだにαオメガである自分との折り合いがついてなかったのだ。

「事務局長、本田(ほんだ)先生のご紹介の方がいらしてます」

どことなく困惑した職員が来客を告げた。

「はい、どうぞ」

いつものように入室を促して、職員が困惑する意味がわかった。アポは就活の学生だと聞いていたのだが、部屋に入ってきたのは大鵬学園の制服を着た高校生だった。センターの採用枠は大卒以上とされているので当然大学生だと思っていたのだ。

「なるほど。嗣敏さん、面食いだもんな」

佑月を見るなり、相手は挨拶もなしにそう云った。

佑月はそれにはどんな反応も見せなかったが、それでも内心ではいつも以上に注意深く相手を見た。本宮がらみで自分たちのことを多少なりとも知っているとは、彼は本宮とどういう関係なのだろうか？

「…就職の相談だと伺っていますが」

佑月の言葉に、少年は小バカにしたように笑った。

「こんなとこに就職したいわけないじゃん」

この時点で追い返してもよかったのだが、佑月は彼の剥き出しの敵意が気になった。

「…お名前とご要件をお聞きしても？」

相手は大鵬学園の学生証を突き出した。そこには神月稔と記されている。

「神月さん？」

「神月家くらい知ってるでしょ。ここ、お茶も出してくれないの？」

ソファで脚を組む少年に、佑月は表情も変えなかった。

「水でよければそこに……」

ウォーターサーバーを指さす。

少年は露骨にむっとした顔をして、佑月を睨み付けた。

「…貴方、嗣敏さんに許嫁がいるの知らないでしょ」

いきなり彼はそう云った。しかも婚約者とは云わず、許嫁ときた。

少年は佑月にショックを与えたつもりなのだろう。その反応を見たくて、じっと佑月の様子を窺う。が、佑月の表情からは何も読み取れなかっただろう。

「それが？」

落ち着いた声で促されて、稔は苛立ったようだ。

「知ってて付き合ってるってこと？　図々しい…」

稔は佑月が表情すら崩さないことに悔しそうだったが、実は佑月は充分にショックを受けていた。

本宮に婚約者くらいいるかもしれないとは思っていたが、現実のものとして突きつけられるとやはり胸は痛む。が、佑月のプライドがそれを他人に悟らせることは許さなかった。

そんなことには露ほども気づかずに、少年は続ける。

「許嫁は僕の姉です。姉は超絶美人のデュアルで、今はエール大に留学してます。こんなしょぼいセンターで働いてる貴方なんかとは比べものにもならないんです。少しは自覚した方がいいですよ」

確かに神月家は古い家柄で、天皇家との結びつきもあるはずだ。しかしそれがどれほどのものかと佑月は思った。

「嗣敏さんがアルファ男性と付き合うのは、いつでも別れられるからだってわかってますよね？　けどそれがわかってても姉は傷つくと思います」

それは本宮に云うべきことでは？　そう云い返したら逆上しそうだ。

「貴方みたいなのをなんていうか知ってますか？　泥棒猫って云うんです。姉が留学して留守してるときに勝手に上がり込む、泥棒猫だ。恥ずかしくないの？」

母校にはときどきこういう勘違いの生徒がいたことを思い出す。御曹司として生まれた自分は他人を見下してもいいのだとなぜか誤解しているバカが。

「嗣敏さんは今は自分の会社を経営してるけど、いずれは本宮を継ぐ人です。二人は驚くほど似合いのカップルで、貴方なんか出る幕はない」

そう云うと、きつく佑月を睨み付けた。が、佑月の表情は一瞬たりとも揺るがない。

その静かな迫力に少しびびったのか、稔は立ち上がった。

「…とにかく本宮さんにも迷惑がかからないうちに、自分から身を引いてください」

云いたいことだけ云って帰ろうとする稔を、佑月は冷たい声で止めた。

「待ちなさい」

命令形に稔は反射的に振り返った。目には敵意がこもっている。佑月はそれを感情のこもらない目で受け止める。

「貴方はどんな料簡で他人を従わせることができると思っておられる」

「は？」

「ここは貴方のテリトリーではないし、私は貴方に命令される立場ではない。今どき、貴族でも知らない相手に対してそんな物言いはしない」

なぜか反撃を予想してなかったらしく、稔は怒りで真っ赤になっていたが、云い返せないでいる。きっとこれまで理不尽なことを云い続けても許されてきたのだろう。しかし自分が彼を甘やかす理由など何もない。

「それと、嘘をついて仕事のアポを取ってはいけません。未成年にはわからないことかもしれませんが、他人の仕事時間を貴方が無責任に奪うことは許されません。目に余るようなら保護者に連絡します」

「お、親は関係ないだろ！」

「大いにあります。ご両親は未成年である貴方を監督する義務がある。貴方自身が自分の責任をとれないからです」

親のことを持ち出した途端、慌てるところはまだまだ子供だなと思いつつも、これ以上時間をとられたくなかったので、ドアを開けに行った。

「わかったらどうぞお引き取りを」

「あんたね、俺にそんな口をきいて…」

「帰らないのなら警備を呼びます」

にべもない口調に、稔はぎりっと唇を噛む。

「念のために、ここでの会話はすべて録音されています。それをお忘れなく」

云いがかりのような作り話で問題にされては迷惑なので、釘をさしておく。

稔は悔しそうに舌打ちすると、最後にもう一度佑月を睨み付けて出ていった。

勘違いの子どもに何か云われたことで佑月が傷つくことはない。ただ、本宮に許嫁がいることは佑月の胸をざわつかせた。

姉を崇拝している少年が、姉の婚約者についた悪い虫を追い払いにきたということのようだが、なぜ自分のことを知ったのかがわからない。もしかしたら興信所を雇って本宮の周辺を探ったのかもしれない。もしそうなら、自分以外にも他に文句を云う先は多そうだ。そのすべての相手に彼は忠告して回るんだろうか。

佑月は溜め息をつくと、事実関係を確認するために、安易にアポをとった本田教授のオフィスに電話をした。

「今、本田先生の紹介で神月稔と名乗る高校生が就職相談と称して私のオフィスに来られたのですが、何かの間違いですか？」

佑月の言葉に、一瞬相手は黙り込んだ。

『あの…、彼が来栖さんとお話がしたいと仰られて…』

秘書が気まずそうに返す。

「では就職相談ではないことをわかった上でということですか？」

『すみません。神月家のお坊ちゃんということで、私どももお断りしにくくて…』

まあそんなことだろうとは思った。神月家はいろんな研究を支援していて、その中に本田が関係するものもあったのだろう。

「だったら、せめて事前にそれを知らせておくべきでは…」

『そうしたら、来栖さんはお断りされると思って』

そのとおりだ。そこまでわかった上で嘘をついたのか。どいつもこいつも、他人の時間をなんだと思ってる。

彼女の云い訳を聞けば、どうやらこのことは秘書の寺井(てらい)の一存でやったことのようだ。

しかも寺井は、立場上仕方ないことなのでご理解ください的な考えのようで、この分では同じことがまたありそうだと佑月は判断した。

「寺井さん、これ問題にしますので。大学に正式に抗議を入れます。謝罪して終わることだと思わないでください」

『え…。そ、そんな大袈裟な…』

やはりその程度の認識なのかと思って、相手にわかるくらいに溜め息をついてみせた。

「大袈裟ですか。そのように思っておられるということですね」

『あ……あの…』

「今後、本田先生のご紹介は直接ご本人からの書類による依頼以外は受け付けません。そのように説明しておいてください」

『ちょ……』

佑月は言い訳は聞かずに電話を切った。そもそも電話でのアポを受けるのは佑月の好意であって、本来は書類が先なのだ。それを例外として認めるときがあるというだけの話で、文句を云われる筋合いはない。

ただ、自分の言い分が間違ってはいないにしても、どこか感情的だったのではないかと思い当たって、思わず顔をしかめた。

八つ当たり？　そんなつもりはない。が、寺井と話をする前から自分が苛ついていたのは確かだ。

少し落ち着いてから対処した方がいいだろうと、すぐに大学に連絡するのはやめて、一旦時間を置くことにした。

幸い、先に本田教授から直接詫びが入ったので、佑月もそれで収めた。寺井も充分反省しているようなので、次回以降繰り返されなければいい。

それでも、彼は稔の来襲で大きく傷ついた。知りたくもないことを知ってしまって、そのことで受けたダメージは、自分が思う以上に大きかったのだ。

どうしても気になって、ネットで検索をしてしまって、更にダメージを深くした。稔が云うとおり、彼の姉は超絶美女だった。

デュアル同士の完璧なカップル。結局は、デュアルはデュアルを求めるということなのだろうか。そこまで考えて、嫌な考えが浮かんだ。

佑月がオメガだと知って、本宮は自分の子どもを産ませようと考えたのではあるまいか。デュアル同士のカップルは妊娠しにくい。それでももしものときのために、自分の血を引く子をオメガの佑月に産ませようとか、そういう…。考えれば考えるほど悪いことしか浮かばない。

そもそも本宮が何を考えているのかなんて自分にはわからない。知っているのは彼のセックスだけだ。

こんな関係、続くはずがない。

早く手を引いた方がいい、そんなことを佑月はぼんやりと考えていた。

その日の業務が片付いたので、帰り支度をしているところに本宮から電話がかかってきた。

『今日、何時頃終わりそう？　メシでもどうよ？』

稔の来襲があってから一週間たっていない。この誘いがそのことと何か関係がありそうな気がして、一瞬返事に詰まった。

「…もう帰るけど」

『ならちょうどいい。十分ほどで着くよ』

漏れてくる雑音から、車中から電話しているようだった。

佑月は電話を切った直後に、誘いを受けてしまったことを後悔していた。もう会わない方がいいとわかっているのに…。

玄関ホールで本宮を待ちながら、稔の話を思い返す。

許嫁との話が着々と進んでいるようなのに、なんの目的で自分を誘うのだろうか。もしかして、結婚するから別れようとか…。そう考えるだけで胸が押し潰されそうになって、自分から手を引く決心をした自分を嘲笑いたくなる。

関係を終わらせるということは、二度と本宮に会えなくなることだ。そんなこと自分にできるんだろうか。

それとも、結婚はするけど別れる気はないよということかもしれない。それは充分ありそうだ。というか、元からその程度の付き合いではないかとも思う。

そんなことを考えていると、本宮の車が到着した。

てっきりタクシーか社用車かと思っていたのに、本宮の愛車のジャガーだった。

「お待たせ」

サイドブレーキを引くと、乗り出してドアを開けてくれる。

「ちょっと久しぶり？」

にこっと微笑まれて、佑月はうっすらと眉を寄せてしまう。

いつもと何も変わらない本宮に苛立つ。そしてそんな彼をやっぱりカッコイイなと思ってしまう自分にも腹が立つ。もっといえば、久しぶりに会えたことに気分が高揚してしまう自分が何よりも苛立つのだ。

「適当に予約入れたけど、イタリアンでよかった？」

佑月は頷いたものの、視線を合わせられずに窓の外を見てしまう。

「…なんか機嫌悪い？　連絡しなかったこと怒ってる？」

「べつに怒ってないいし、機嫌も悪くない」

その返答に、本宮は苦笑したようだった。

「突然のことだったから、その後のスケジュール調整がうまくいかなくて、リカバーにやたら手間取ってしまったんだ。次からは事前に教えておいてもらって先に調整しておきたいね」

なんの話をしているのか、佑月はすぐにはわからなかった。

「来栖の周期は何か月？」

「は？」

「発情の…」

自分たち以外誰もいないのに、本宮はちょっとトーンを落とした。そして、聞かれた意味がようやくわかって、来栖の耳がみるみる赤くなる。それを悟られたくなくて、思わず手で隠してしまう。

「…さん、か月…」

動揺を隠すのに必死で、ついバカ正直に返してしまう。

「了解。それじゃあ、それで予定組んでおかないとな」

許嫁がいるのにそんなことを聞くってことは、つまり愛人としてキープしておきたいと云う意味ではないか。佑月がもやもやしていると本宮のスマホに電話が入った。

「悪い」

佑月に断ってかかってきた電話をとると、英語に切り替えて話し始める。

そういえば本宮の英語は初めて聞く。自分と違って米国英語で、どこで習得したのかなかなか流暢だ。

本宮が運転と会話に集中していたので、佑月はちらりと彼を覗き見た。

お互い仕事帰りなのでスーツだが、本宮はネクタイはしていない。ビジネス用ではないおそらくハイブランドのシャツのボタンを二つ外していて、それだけでどこかセクシーで、軽くむかついてくる。

なぜ自分はこうもこの男に惹かれてしまうのだろうか。

「実は、今のとこ引っ越そうかと思ってるんだ」

電話を切った本宮が切り出して、佑月はぴくっと反応した。これは結婚のことを打ち明ける流れなのではと思ったのだ。

「新しいとこ探してもらってるんだけど、来栖の希望とかある？」

「なんで僕の…」

困惑する佑月に、本宮はウインクしてみせた。

「一緒に暮らさない？」

「……は？」

たっぷり時間をかけて問い返した。

「反応遅くね？」

揶揄うように返して続ける。

「今の部屋気に入ってるけど、来栖の職場からはちょっと遠いだろ？　それに二人だともうひと部屋あった方がいいし」

予期しなかった流れに、佑月は思考が追い付かない。一緒に暮らすとは？　本宮が本宮家を継ぐのなら本家の屋敷に住むんじゃないのか。ということは、つまり愛人部屋とかそういうことだろうか。本宮家くらいになればそういうことも普通にあることなのかもしれないが、佑月にすんなり受け入れられるはずもない。

「僕は引っ越す気はないよ」

佑月は素っ気なく返したが、胸はむかついていた。

「え…」

まさか断られるとは思ってなかったらしい本宮の表情に、佑月はちょっと腹が立った。なんでも自分の思うようになると思っているんだろう。

「…それは俺と暮らす気はないってこと？」

何が暮らすだ、と思う。発情期だけ楽しむための部屋のくせに。

「…そうなるな」

「えー。そりゃ確かに一緒に住むことでの煩わしさもあるだろうけど、けどいずれはって思ったんだけど…」

「……」

佑月は答えない。愛人相手に、そんなふうに普通のカップルみたいな云い方をしてごまかすなと思ったのだ。

「そりゃ、来栖が望まないのなら仕方ないけど…」

そんなふうに露骨にがっかりされると、自分が悪いように思えてしまう。なんで僕が罪悪感を覚えないといけないんだ。

「…本宮家を継ぐつもりなら、僕とは別れた方がいいんじゃないのか？」

つい云ってしまった。

「は？」

本宮は驚いたように、隣に座る佑月を見た。

「何を……」

云いかけて、目の端に入った前車との距離に気づいて慌ててブレーキを踏んだ。

「あぶねー」

バックミラーで後ろの車も確認して、一旦ブレーキを緩めながら信号で停止した。

「なんの話？　俺が本宮家を継ぐって？」

苛立ったような口調だった。

「…そう聞いたけど？」

「誰に…」

「…先日、神月稔という子が僕に面会に来たよ」

しらばっくれるなよと思いながら、佑月は返す。

さすがに本宮の表情が固まった。

「神月の…」

「許嫁がいるなら先に云っておけよ。まあ今更どうでもいいけど」

面倒そうに云って溜め息をついた。

そんな佑月を見て、本宮の眉がすっと寄った。

「…俺、継ぐ気はないって云ったよな？」

「そうだっけ？」

「俺の言葉よりも、他の奴の云うことを信じるんだ？」

責めるような口調に、佑月はイラッとした。

「許嫁は事実じゃないか。なんで僕が他人からそんなこと聞かされなきゃならないんだよ！」

つい声を荒らげてしまって、そしてしまったと思った。が、云ったことは取り消せない。

「…その先で降ろしてくれ」

本宮はそれには答えずに、青信号でゆっくりと車を出した。

静かなエンジン音だけが響く車内で、佑月はずっと窓の外を見ていた。

「それじゃあ俺と別れる？」

ふと、本宮が呟く。

たったそれだけの言葉だったが、一気に現実味を帯びる。それまで自分だけであれこれ考え悩んでいたことが、本宮のその言葉だけで簡単に現実になってしまうのだ。

本宮はウインカーを出して左折すると、幹線道路を外れた。そういえば、この少し先に何とかいう地下鉄の駅があったはずだ。

「それでいいってこと？」

佑月はびくっと震える。

肯定したら、これで終わりだ。そう思うと、たまらないほどの哀しみが押し寄せてきた。けど、別れないことを選択したら、この先ずっと本宮が別の家庭を作るのを見てなきゃならなくなる。それも苦しい。

そんな佑月に、本宮はそれとわかるほど大きな溜め息をついた。

「ふざけんなよ」

呟くと、ハザードを出して車を停めて、ステアリングに腕を乗せた。

「俺は別れないからな」

苛々したように云って、佑月を見る。

「なんでそんな話になるんだよ。そもそも、許嫁なんてのは祖父たちが勝手に云ってるだけだ」

「え……」

伏せていた佑月の目が、はっと見開かれた。

「あんた、本気でわかってないの？　あんたのつがいは俺だよ？」

「…つがい…？」

佑月は自分の手をぎゅっと握る。

「別れるとかあり得ない」

言葉と一緒に放たれた矢が、深々と胸に突き刺さった。

戸惑ったように視線を彷徨(さまよ)わせる佑月に、本宮は小さくほっと息を吐いた。

「鈍すぎだろ…」

そう云いながらも本宮の口調は優しくなっている。

恐る恐る本宮に視線を移動すると、もろに彼の視線とぶつかって慌ててまた伏せた。本宮の目が優しすぎたのだ。

そんな佑月に本宮は苦笑して、スマホを操作してどこかにラインを送る。

「確かに、ややこしいことにはなってる。祖父が強引に婚約させせようと動いてるし。けど、それは自分で対処するつもりだったんだ。あんたに迷惑かけたくなかったし」

「……」

「けど、あんたのことを話したのはまずかったな。まさかそれで神月家の誰かが直接あんたに文句を云いに行くとは思わなかった」

「…僕のことを話した？」

「ああ、本命いるから彼女とは婚約できないって云ったんだけど、口先だけの言い逃れだろうって云われて、仕方なくな。どうせそのうち知られることだから」

自分が彼の本命？　彼は本当にそう云った？

情報を自分の中でまだ整理できないでいる佑月をよそに、本宮は軽くステアリングを切ってUターンした。そして来た道を戻りながら話し始めた。

「うちの親族は化石みたいな考え方の奴がまだいて、家のために結婚するのが当たり前で、デュアルなら尚更だと本気で思ってる。本人の意思を無視してまだ俺がガキのころに、ご立派な家のお嬢様との婚約を勝手に決めちゃってる」

佑月にも早くから婚約させたがる叔母たちがいたが、まだ見合いさせて両者の意見を聞くだけマシなのかもしれないと思って聞いていた。

「それがラッキーなことに、神月の当主から待ったがかかったんだよな。デュアル同士だと後継ぎが産まれにくいとか何とかってことで。俺が高校入る前だったかな？　それで晴れて俺は自由の身になったわけ」

それが、少し前に相手側から打診があって状況が変わったという。反対していた当主が二年ほど前に亡くなっていたこと、相手が二十歳の誕生日までに婚約を決めたいらしいこと。何より、そのお嬢様が本宮を気に入ったらしいこと。それを幸いと、本宮の意見など無視して彼の祖父が勝手に話を進めようとしていたのだ。

本宮の両親は既に離婚していて、母親は息子のことでも本宮家と関係のあることには口を挟まない主義だったし、父親は元からあまり息子に関心がなく権力欲もないため、自分の父親である当主に口を挟むつもりはないようだった。だからといって両親とも、祖父に逆らうなと云うつもりはなく、息子ももう成人している大人なので、自分のことは自分で責任をとれと完全に放置状態のようだ。

なので本宮も誰に気兼ねすることもなく縁談など断ればいいのだが、実は彼は祖父に借りがあったのだ。

　本宮は会社を始めるときに、親族から出資を募って初期費用を賄っていた。彼のような環境ならそういうのはよくあることだし、それには充分な配当金で報いていて、あくまでも関係はイーブンだというのが本宮の考えだ。とはいえ、祖父に強硬手段に出られると問題がないわけではない。

「俺の知らないとこで勝手にお膳立てされてて、何か月後だかに婚約披露パーティをするからそのつもりでとか云われてさ。断っても聞く耳持たずなんだよな。ただこっちもできれば拗らせたくなくて、ちょっと手間取ってる。けど手間取ってるだけで、俺が家のために結婚したり当主を継いだりすることは絶対にない」

　本宮は断言した。

「…信じるよな？」

　念を押されて、佑月は小さく頷いた。

「よかった」

　信号で止まると、ふうっと息を吐いた。

「…ところで、この際、祖父にあんたを紹介した方がいいんじゃないかと思うんだけど、時間とってもらえないかな」

「それは…」

嫌なわけではないのだが、一気に話が進んでしまって佑月はまだ心の準備ができていなかったのだ。

「面倒くさい相手だし、面倒くさいことになるのはわかりきってるけど、いっそあんたに会わせた方が説得力あるんじゃないかと思って」

「……」

「まあ、あんたにとって煩わしいことになるのは避けられないから、どうしてもとは云えないけど…」

佑月が躊躇しているのはそういうことではなかった。しかしそれで本宮が気を遣ってくれていたのだとすれば、いつまでも躊躇っている場合ではないと思った。

「わかった。こっちはいつでもいい」

本宮が自分を祖父に紹介したいと云ってくれるのが嬉しかったのだ。仮に彼の親族に拒絶されたところで、そんなことは佑月にとっては些細(ささい)なことだ。

「…ありがとう」

本宮は左手を伸ばして佑月の手に自分の手を重ねた。

彼の気持ちが、すんなりと佑月の中に入り込んでくるようだった。

本宮のマンションに着くと、受付に寄ってコンシェルジュから郵便物と荷物をいくつか受け取って、二人で部屋に向かう。

「ちょっと持ってて」

荷物を持たされて、佑月は本宮が鍵を取り出すのを待つ。

「ありがとう」

ドアを開けて佑月から荷物を引き取ると、ちゅっとキスをして中に入った。

こういう、ちょっとした不意打ちのキスが本宮はうまい。佑月はすぐに彼のペースに巻き込まれてしまうのだ。

「適当に座って」

そう云うと、荷物を持ったままキッチンに入っていった。

「あの、何か手伝おうか?」

所在無げにリビングのソファに座った佑月が声をかける。

「それじゃあ、さっき届けてもらった料理、テーブルに並べておいて」

佑月が袋を開けると、イタリアンのオードブルだった。それを簡易容器のままテーブルに置いた。他にも耐熱容器に入ったリゾットも入っていた。

予約を入れた店をキャンセルしたあとに、マンションにほど近い店にデリバリーを依頼したようだ。その手際のよさに感心してしまう。

「お待たせ」

シャンパンクーラーとグラスを持った本宮が現れて、リビングのテーブルに置く。

「せっかくだからな」

細身のグラスに注いで、一方を佑月に差し出して彼の隣に座った。

「乾杯」

男前の顔で微笑すると、佑月のグラスにかちりと当ててくいと飲み干した。そしてポケットから小箱を取り出すと、蓋を開けた。

「ほんとは今週末までかかるって聞いてたんだけど、今日の夕方に届いてた」

「もと、みや……」

佑月の手をとると、長い綺麗な薬指にリングをはめてやった。そして覗き込むように佑月と視線を合わせると、その指にキスをする。

佑月はぼうっとなってされるがままだったが、不意に口を開いた。

「ま、待って…。これってどういう…」

予想外の反応に、さすがに本宮の眉が寄った。

「どういうって？　婚約指輪だろ？」

「…こ、婚約って…。なんで？」

思わず云ってしまった。祖父に紹介すると云われても、それは今付き合っている相手という意味くらいにしか受け取ってなかったのだ。

「なんでって…。あんたは俺のもんだろ？」

「……」

「ちょっと待てよ。まさかここで否定すんの？」

「や、否定は…、しないけど…」

本宮の苛立った顔が、それとわかるほど安堵して見えた。それだけのことで、佑月はドキドキしてきてしまう。

「さっきから云ってるだろ？　あんたは俺のつがいだって。まだわかってない？」

「…わ、わかってる」

躊躇いつつも、頷いた。そして改めて本宮を見る。目が合うと、本宮はとびきりの笑みを見せた。

「あんた、ほんとに綺麗だな」

そう云って、目を細める。

「なんで、すぐに気づかなかったんだろうな。つがい相手って会ったらすぐにわかるって思ってた。オメガとつがいになったアルファは、たいていそういうもんだって聞いてるし。けど、高校のときは特に何も感じなかったんだ。ぶっちゃけ好みの美人だからってだけで。けど、なんか引きずるんだよね、あんたの場合は」

本宮はそのときのことを思い出したのか、懐かしそうに薄く笑った。そしてオードブルをつまんで、空になった自分のグラスにシャンパンを注ぐ。

「今だから云うけど、高校のときにあんたが何も云わずに俺の前からいなくなったときは、ちょっとキレたよ」

「え…?」

「文句を云おうにも、メールを送っても戻ってくるし。誰に聞いても連絡先わからないし」

本宮があのときの話をするのは初めてだ。気にしていないと思っていたので、佑月にとっては意外だった。

「今更蒸し返すのもダセぇから云わないつもりだったけどさ、やっぱ聞きたい。なんで黙っていなくなった?」

憤りを隠さない目で佑月を見る。それから逃れられずに、佑月の白い喉が上下する。

「…そんな関係じゃなかったし」

「おい…」

「そうだろ？　ただの遊びだったじゃん。あんた他にも彼女いただろ…」

「それは…」

本宮はさすがに口ごもった。佑月がそんなことを知っていたことが意外だったし、気にするとは思ってなかった。

「あのとき、本宮は僕がアルファだと思ってただろ？　アルファ同士の気楽な遊び相手なだけなのはわかってた。そんなあんたにオメガだと知られたくなかったんだ」

佑月もまたそのときのことを思い出していた。今なら大したことがないと思えることも、あのときはパニックになるくらい大変なことだった。

「最初のころはアルファだと思われてもごまかせてたけど、夏休みに入る直前に初めての発情期がきちゃったんだ。今でこそ薬もよくなってるけど、あのときは自分じゃ対処できないくらいだったから、これはもうバレるだろうなと思ったよ。だから逃げ出したんだ」

デュアルの本宮にオメガの事情など理解できないだろうと思いつつも、佑月は云わずにおれなかった。

「本宮は最初気づかなかったって云うけど、僕は気づいたよ」

佑月の告白に、本宮は衝撃を受けた。

「うそ…」

「初めてあんたが話しかけてきたときにね」

「マジか…」

「けど、そっちが何も感じてないこともわかった。だから一方通行なんだって。デュアル相手だから反応したのかなっていろいろ考えたけど…。本宮はえぐいほどモテてたから、つがいとか関係なさそうだし」

「…来栖でもえぐいとか云うのな」

ごまかすように云って、苦笑を漏らす。

「そっか。こういうのを身から出た錆って云うんだな」

殊勝げに頷いて、佑月を見る。

「それでも暫くは引きずったよ、自分でも呆れるくらいな」

情けない顔で笑うと、佑月の手をとった。

「再会したのはマジでびびったし、でもそっちはしれっとしてるしで、絶対俺にハマらせて虐めてやろうと思ったけど、逆にこっちがのめりこんでやばくなるし」

本宮がのめり込む？　俄かに信じ難かった。

「たいていの場合は、一回ヤっちゃったら満足するっていうか、そのくらいあっさりした関係のがいいと思ってたんだけど、あんただけはまたすぐに会いたくなる。なんでだろうとずっと思ってたんだけど、発情期のときにわかったんだよな。あんたは俺のつがいなんだって」

ふうっと溜め息をつくと、佑月の頬に手を触れた。そして彼を引き寄せて口づける。

「…あのさ、云っていい？」

唇が離れて、佑月は小さい声で聞いた。

「本宮は俺のこと鈍いって云うけど、もしかしたらそっちの方がよほど鈍いんじゃない？」

淡々とした佑月の言葉に、本宮の表情がフリーズした。

実際のところは、発情する前のαオメガはフェロモンも出ていないから、アルファがそれを感知できないのは仕方のないことだった。佑月が本宮に特別な何かを感じたのも、本宮の匂いを感じたからなのだ。

それはともかくとして、本宮が自分の気持ちに気づこうとせずにふらふらしてるから、佑月だって本宮の気持ちなどわかりようがなかった。一方通行だとずっと思ってきたんだから、急につがいだの何だの云われてすぐに信じられるわけがないのだ。

「…確かに。そうか、俺のせいか」

「同意を得られて何よりだよ」

控えめながらも勝ち誇った笑みを浮かべた佑月に、本宮の眉がくいと引き上がった。

「来栖って、けっこう負けず嫌い？」

「そうでもないよ」

「生意気だと泣かせたくなる」

そう云うと、とびきりのキスをした。舌をからめて、生意気な佑月を追い詰める。

「…好きだよ」

囁かれて、佑月は耳まで赤くなった。

「本宮…」

「嗣敏。嗣敏がいいな」

「…つぐとし……」

「ああ。愛してるよ、佑月」

初めて名前を囁かれて、佑月はクラクラしてくる。

「ぼ、僕も…。愛してる」

幸せすぎて、気持ちが抑えられない。

想いが溢れ出て、佑月は自分から彼に口づけた。

「佑月…」

お互いに舌をからめあって、そして貪るように求め合った。

発情期でもないのに、身体が火照ってきて、もじもじと腰を捩らせてしまう。

本宮は佑月のネクタイをするりと解いて、シャツのボタンも外していく。そして、ぷくんと腫れた胸の突起を指で弄る。

「あ……」

キスをしながら、乳首を愛撫する。

そうされるだけで、佑月の下半身は反応してしまう。

「じ、…焦らさない、で……」

身体が熱くてたまらない。

「こっち、触ってほしい？」

本宮の手が下半身に伸びる。佑月は思わずこくこくと頷いた。

本宮はズボンを持ち上げているそこを、布の上から握った。

「んじゃ、自分で脱いで？」

「え……」

「佑月が自分で脱ぐとこ見たい」

ニヤニヤ笑いながら云われて、佑月の背中がぞくんと震えた。

きゅっと唇を噛むと、本宮から目を逸らしてかちゃかちゃとベルトを外す。ファスナーを下げるとズボンを少し下ろした。

「…下着もとらないと」

云われて、びくんと佑月の身体が震える。

「つ、つぐ、とし……」

泣きそうな声で名前を呼ばれて、本宮は思わず目を細めた。

「可愛いな、おい…」

呟いて舌なめずりすると、下着に指をかけて引き下ろす。勃起した佑月のペニスが本宮の目の前で跳ね返った。

「…なんか、やらしいな」

その先端を、わざとゆるく指でなぞる。

「しゃぶってほしい？」

意地悪く聞く。佑月は必死で頷いた。

「そう云って？　おちん〇ん、舐めてって。しゃぶってって」

佑月はふるふると首を振る。

「そ？　それじゃあ自分で扱く？　そういうのもいいな。佑月がオナってるとこ見てみたい」

佑月はどうしていいのかわからず、それでも自分から口に出すことはできずに、本宮の視線から逃れるように目を瞑って、ゆるゆると自分のものを扱き始める。

「…すごい光景」

「み、見るな…」

「後ろは指入れなくていいの？」

「う、うるさいっ……」

本宮は苦笑しながらも、暫くはそれを堪能していた。が、どうにも我慢できなかったらしく、佑月を引き寄せると、彼の後ろに指を埋めた。

「あ……」

甘美な声を上げて、佑月がのけ反った。

「ああ、後ろ滴ってる」

言葉通り、そこは発情期のときのようにしっとりと潤んで本宮を欲している。

本宮は佑月の足を大きく開かせて、ひくつく奥に先端を当てる。

「欲しい？」

「…ん」

佑月は小さく頷く。

「何が欲しいか、云って？」

反り返った先端をそこに押し当てながら焦らす。

「つ、嗣敏…」

「俺の？」

佑月の入り口はくぷくぷと開いて、嗣敏を待ち受けている。

「…あんたのペニス、早く…、中に……」

「や、ペニスじゃなくて？」

佑月は小さく首を振る。云ったのに、ちゃんと云ったのに。

「い、意地悪だ…」

「うん。生意気だから虐めたい」

佑月は弱々しく睨み付けると、視線を逸らして蚊の鳴くような声で云った。

「つ、ぐとしの…お、○んちん、…入れて……」

耳まで真っ赤になって、それでも欲しくて云ってしまう。

本宮は満足げに微笑むと、自分から目を逸らした佑月を覗き込む。

「これ？」

膝を抱え上げて、晒した後ろに先端を埋めた。

「…あっ……！」

ぐいと中に押し入ってくる快感に、佑月はあられもない声を上げてしまう。

本宮はそんな佑月に口づけながら、更に腰を突き入れた。

「佑月、すごくいいよ」

「あ……、ああんっ……!」

これまでにないほどの快感に、佑月は声が抑えられない。

恥ずかしい姿を晒して、自分からこんなに欲しがって。自分から懇願して…。そしてそんなふうに焦らされたあとの挿入が、こんなにも気持ちがいいのかと。

そしてそれは本宮も同様だった。焦らした分、彼自身も満足度が高くなる。

いまだに慣れずにいる佑月の反応がたまらなく可愛くて、もっともっと虐めたくなる。

強い快感で涙を溢れさせる佑月が愛しくて、その涙を舐め取ってやる。

「愛してるよ」

二人は我を忘れたように、快感を貪った。


絵画コレクターとして知られる本宮の当主は、ここ数年は個人的に若手の日本画家育成のための企画も支援しているという話は聞いていたが、長い廊下にはそれらの作品が多数飾られていた。

優しい色合いの作品が多く、当主の印象は決して悪くなかったが、その優しさは残念ながら佑月に対しては発揮されなかった。

大伯母たちを引き連れて現れた本宮の祖父は、佑月を見ると一瞬目を見開いた。それは同行の伯母たちも同様で、美形の多い本宮家でも佑月の美貌はまた格別だったようだ。

「お祖父さま、大伯母さまがた、お久しぶりでございます」

本宮の挨拶に、祖父たちははっと我に返る。

「早速ですが、紹介します。こちら、来栖佑月さん」

「来栖です。本日はお目にかかれて光栄です」

少し緊張した面持ちで挨拶をする佑月には何も返さずに、祖父はさっさと椅子に座ると、不快そうに孫を見る。

「…男に見えるが」

「間違ってませんよ。男にしちゃ綺麗すぎるでしょうけど。というか、既にそのように伝えていると思いますが」

孫の言葉に、当主の眉がぐいと引き上がった。

「ふざけていると思っていた」

「では、これでふざけているわけではないことがわかっていただけたでしょうか」

本宮はやんわりと返す。大伯母たちは互いに顔を見合わせている。

「…では子供は誰かに産ませるつもりか？」

「いえ…」

否定して佑月に視線を向ける。目が合って、佑月はこくりと頷いた。

「彼はオメガなので」

老人の表情が固まった。信じられない言葉を聞いたせいだ。

「そういうことなので、ご心配には…」

本宮が云い終わらないうちに、祖父の顔が露骨に歪んで、じろりと佑月を睨み付けた。

「オメガだと？　本宮の直系がオメガと結婚するなど聞いたことがない」

それを予測していたように、本宮は苦笑を浮かべる。

「そうですか。ではこれが初ですね」

「何をくだらないことを」

吐き捨てるように返す。

「それより、オメガならその者にも子どもを産ませて、アルファならおまえと神月の子として育てればいい。オメガは孕(はら)みやすいらしいからな」

本宮はそれとわかるほど不快な表情で祖父を見る。が、相手はまるでそのことに気づいていないようだ。

そして佑月も本宮から事前に彼の祖父のことは聞いていたので、この暴言に顔色ひとつ変えなかった。ただ心底呆れていたのも事実だ。

神月稔といいこの老人といい、デュアルだのアルファだのにこだわるとこれほど歪んだ考えを持つという、いい見本ではないか。

「外で愛人を作ることには、神月家も大目に見るだろう。ただし、本宮の籍に入れるのはその子がアルファの場合だけだ。オメガやベータだった場合は本宮の籍に入れることは許さん。もちろん養育費は充分に支払ってやるから心配しなくてよい」

百年前の感覚でいるのだろうか。それを咎める者も周囲にはいなかったのだろう。

「お言葉ですが、私の子どものことで貴方の指図は受けません」

本宮がきっぱりと云い返す。それに祖父はバカにしたように笑った。

「おまえは誰の金でビジネスができていると思ってる」

「確かに創業時にはお世話になりました。あの支援がなければこれほど早く成長はできませんでした。その節は感謝しております」

「わかっているなら…」

「しかしそれを担保にとって孫の私生活に首を突っ込むのは、なかなかに品がない。またオメガに対しての差別発言も時代錯誤が過ぎて、呆れ果てるばかりです」

「な、なんじゃと…」

怒りのあまり真っ赤になった。一緒にいた大伯母たちもざわつく。

「嗣敏さん、言葉が過ぎますよ」

「すぐに謝罪しなさい。なんてことを…」

そのうちの一人が、佑月に厳しい目を向けた。

「貴方、こんな状況で自分から身を引こうとは思わないの？」

「そうですよ。来栖家といえばそれなりのお家柄。なのに、そのようなことも教えておられないとは…」

佑月に向けられた言葉に本宮が何か云い返そうとするのを、佑月は目で制した。よけいに拗れるだけで益がないと思ったのだ。

それを、云い返せないと受け取ったのか、当主は女性たちの援軍を得て満足そうに頷くと、佑月に云った。

「神月家の娘はまだ若いし、昨今の不妊治療はデュアル同士でもかなりいい成績が出ていると聞いている。一度は立ち消えた話だが、やはりこれ以上の結びつきは考えられないのだ。理解してもらいたい」

「……」

佑月は老人を憐れだと思った。家の格だのデュアル同士だのそんなことに縛られて、可哀想に思ったのだ。

旧家の人間ほどそういうことに囚われてしまう。しかし、佑月の両親はデュアル同士のせいで自分たちの子を持つことには大変な苦労をすることになってしまった。デュアルの母が佑月を産んだときのリスクの高さは、一般的な出産とは比較にならない。

「何も別れろとまでは云わない。しかしオメガならその立場は理解しているだろう。本宮の後継ぎと一緒になれると思っているわけではあるまい」

それには本宮も我慢の限界だったようだ。

「後継ぎの件はとっくに断ってる。彼に対する失礼な言動はこれ以上はやめていただきます。出資の件だけ引き上げたいのならご自由に。そんなもので私を縛れると思わないでください」

「出資の件だけで済むと思うか。おまえの会社を潰すなど、造作もないことだ」

本宮の眉がすっと寄った。

「…本気で云っておられる?」

「脅しだと思っているのか。おまえもまだまだ甘い」

その言葉に、本宮の顔から表情が消えた。

「なるほど。その言葉、憶えておきましょう」

静かな口調だったが、それだけに彼の静かな怒りが伝わって、大伯母たちも口が出せない。

「佑月、失礼しよう」

佑月を促して立ち上がった本宮を、祖父が止めた。

「今帰ったらどうなるかわかってるのか？　オメガのために自分の将来を棒に振るとでもいうのか？　正気の沙汰じゃない。おまえは…」

「…お言葉ですが」

本宮は祖父の言葉を遮った。

「これ以上ないほど優秀で意欲的な孫を、デュアルでないからと後継者から外すことの方がよほど正気の沙汰じゃないと私は思いますがね」

「…智樹のことか。おまえが智樹を慕っていることは知っているが、母親がベータの子どもなどいくらアルファでも孫だと認めておらん」

祖父の暴言に、本宮は冷たい視線をくれた。

「デュアルが何ほどのものだと思っておられる。そうやって他人を見下すことが許されるのなら、たいそう品のない話ですね。貴方はご自分でデュアルであることを汚していることに気づかれた方がいい」

それに当主がブチ切れた。

「おまえを甘やかしすぎたようだな。そんな口二度ときけないように……」

「お待ちください」

一触即発の空気の中、佑月がすっと歩み出た。

当主の眉が更に引き上がったが、佑月はそれでも怯まない。

「少しだけ説明させてください」

空気が凍るような緊張の中、佑月はふわっと花が咲くような笑みを浮かべてみせた。それと同時にいい匂いがして、老人は思わず目を細めた。

それは、とても心地のいい、気持ちが穏やかになる匂いで、本宮もそれに気づいて無意識に佑月に視線を向けていた。

「できればここだけの話でお願いしたいのですが、実は私の両親はどちらもデュアルです。そのため長年不妊治療をしたもののなかなか子どもに恵まれず、兄や姉は代理母から産まれています。なので我が家は全員母親が違います」

それは、ままあることだ。不妊治療が行われる以前は、デュアルの夫婦が親族のアルファを代理母にするのは珍しいことではない。

「兄や姉はアルファで私はオメガですが、両親は私たち兄弟を同じように扱いました。それはオメガである私を差別しなかったという意味ではなく、私だけを特別扱いしなかったという意味です。つまり、私だけが父と母の血を受け継いだ子なのです」

「それは……」

佑月の言葉の意味に最初に気づいたのは本宮だった。佑月は本宮に視線を移すと、艶やかに微笑んで、そして小さく頷いた。

「そう、私はデュアルの母から産まれた、αオメガなんです」

本宮が目を見開いて佑月を見る。こんなに驚く彼を見たことがなかった。

「黙っててごめん」

小さい声で詫びる。

「いや…」

そして佑月がちらりと彼の祖父を見ると、本宮以上に驚いて二の句が継げないようだった。それは大伯母たちも同様で、αオメガがデュアル以上に特別であることを意味していた。

「αオメガですって…」

「でも云われてみれば…」

大伯母たちは戸惑ってはいたが、誰も佑月が嘘をついているとは思わなかった。それはクールな佑月の美貌がこれ以上ない説得力になっているからだ。

佑月のように外見上は典型的なアルファの特徴を備えていてそれがオメガであるなら、つまりそういうことなのだ。

そうであるにもかかわらず誰もその可能性を考えなかったのは、αオメガの存在があらゆる意味で別格扱いされているからでもある。支配者階級では、αオメガはアルファよりも格上だと考えられてもいるのだ。

「αオメガ…」

当主も思わず呟く。それはデュアル以上の最強カードとも云えた。

「両親からよほどのことがない限りこのことは秘密にしておくよう、小さいころから云われております。それは自分のためだけでなく、秘密を打ち明けることでご迷惑がかかることもあるからと。それですぐに打ち明けることができず、申し訳ありませんでした」

佑月が丁寧に頭を下げる。そこにいる全員が、佑月の空気に呑まれていた。

「…私も今聞いたばかりで驚いていますが、これで反対される理由はなくなったと理解していますが、間違いありませんか？」

祖父はそれに肯定はしなかったものの、否定もしなかった。

「では、これで失礼させていただきます。それと、云うまでもないことでしょうが、αオメガの件は他言無用でお願いします」

そう云うと、佑月の手をとって退出した。

「いや、痛快だった。祖父があんな顔をするのは初めて見るよ」

屋敷の前に停められたジャガーの前で、本宮は佑月にハイタッチを求めた。佑月は苦笑しつつもそれに応じる。

「…これで嗣敏の会社には迷惑かからない？」

「ああ。否定しなかったってことは認めたも同然だからな」

「そう。それならよかったよ」

そのことがなければ、佑月は本宮以外には打ち明けるつもりはなかったのだ。

「けど、あんな脅しをかけてくるとは思わなかった。俺も甘いな」

「僕が先に打ち明けていれば…」

「いや、彼らの本質が知れてよかったよ。俺も云いたいことが云えたし」

さばさばしたように笑ってみせた。

「けど、佑月がαオメガとはね…」

「黙ってて悪かったよ」

「いや。けど一度だけもしかしてって思ったことはあったんだ。ただαオメガの存在自体が都市伝説みたいになってるから、思い違いだろうなって」

「まあそうなるよね」

「それに俺にとってはどっちでも一緒だよ」

そう云うと、そっと佑月の指に自分の指をからめる。

「こんな綺麗な男と一緒になれるのにそれがオメガだとダメでαオメガだと歓迎されるって、くだらない。たとえ佑月がアルファでもベータでも関係ない。佑月は佑月だよ」

「嗣敏…」

本宮から慈しむような目で見られて、佑月は胸がいっぱいになった。

自分がオメガだからアルファの本宮に惹かれるのだと思っていた。しかしそれは違っていて、彼が云うとおりただ本宮だから惹かれたのだ。

「誰にも邪魔はさせないし、誰にもあんたを渡さない」

本宮はそう云うと、佑月に口づけた。

「あんたを守るって誓うよ」

「…僕も」

そう返した佑月に、本宮は優しく微笑んだ。

「一生、一緒にいよう」

その言葉がすんなりと佑月の中に入ってくる。そしてそれが大きな幸福感になって、彼を満たした。

「…うん」

頷いたが、それ以上は言葉にならず、佑月は目の前の本宮をしっかりと抱きしめる。すぐに本宮が強く抱き返してくれて、二人の影はひとつになった。

あとがき

今回もまたオメガバースです。独自設定を自由に盛り込めるのがオメガバースの楽しいところで、アルファっぽいオメガで、アルファ×アルファの雰囲気を楽しんでいただけましたら幸いです。

前回に続いて小山田(おやまだ)先生にイラストを担当していただけました。素敵な大人カップルをありがとうございます。どんな表紙になっているのか楽しみです。

また、私がやばい方向に走りかけたところを全力で止めてくれる担当さま。お世話かけています。これからもよろしくお願いいたします。

何より、読者さまには最大級の感謝を。皆さまのおかげで書き続けていくことができています。数多ある本の中から拙作を選んでくださってありがとうございます。心から。

二〇二二年八月　義月粧子(よしづきしょうこ)

カクテルキス文庫

好評発売中！！

発情期が狂うほどの、秘密のご褒美

箱入りオメガは溺愛される

義月粧子：著
すがはら竜：画

アルファの両親から箱入りで育てられたオメガの奏は、アルファの人気講師・宇柳のチャラさに呆れるも、宇柳のオーラと、何かが刺さるような違和感を覚える。特別扱いされている事実に、自分だけではないはず、と意識しないでいるも、酔った勢いで高級マンションに連れ込まれてしまい⁉　さらに予定より早い発情期が始まって、本能に抗えない宇柳との初めて経験するキスとセックスは、奪われるように情熱的で‼　イケメンチャラ大学講師α×物静かで健気な大学生Ωの溺愛ラブ‼

定価：本体 755 円＋税

再会したのは偶然じゃない、運命

引き合う運命の糸
～α外科医の職場恋愛

義月粧子：著
古澤エノ：画

小児科研修医として日々努力する朝香は、オメガでありながら、発情を経験することなく過ごしていた。病院で再会した高校のクラスメート藤崎が、同僚として勤務することになり戸惑う朝香。藤崎はアルファで医者一族という特別な存在だったから。あるとき、藤崎の体臭を嗅いだとたん朝香はフェロモンを制御できなくなってしまう⁉　「何かが引き合うんだよ」藤崎にだけ発情する躰を持て余し、優しい愛撫に翻弄されるばかりで……。エリート心臓外科医 × 健気な小児科医の愛執ラブ‼

定価：本体 760 円＋税

カクテルキス文庫
好評発売中!!

カクテルキス文庫

Cocktail Kiss Label

好評発売中！！

◆葵居ゆゆ

青の王と花ひらくオメガ　笹原亜美 画　本体755円＋税

キャラメル味の恋と幸せ　古澤エノ 画　本体760円＋税

◆伊郷ルウ

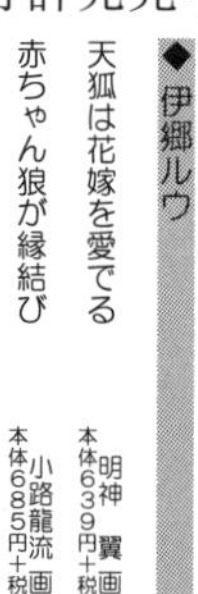

天狐は花嫁を愛でる　明神 翼 画　本体639円＋税

赤ちゃん狼が縁結び　小路龍流 画　本体685円＋税

異世界で癒やしの神さまと熱愛　えとう綺羅 画　本体685円＋税

熱砂の王子と白無垢の花嫁　えとう綺羅 画　本体685円＋税

花嫁は豪華客船で熱砂の国へ　水綺鏡夜 画　本体685円＋税

八咫鴉さまと幸せ子育て暮らし　すがはら竜 画　本体755円＋税

虎の王様から求婚されました　古澤エノ 画　本体755円＋税

お稲荷さまはナイショの恋人　すがはら竜 画　本体760円＋税

異世界の後宮に間違って召喚されたけど、なぜか溺愛されてます！　明神 翼 画　本体760円＋税

◆上原ありあ

囚われた砂の天使　有馬かつみ 画　本体639円＋税

◆海野幸

ウサ耳オメガは素直になれない　小椋ムク 画　本体755円＋税

◆えすみ梨奈

天才ヴァイオリニストに見初められちゃいましたっ！　立石 涼 画　本体685円＋税

◆栗城 偲

嘘の欠片　一夜人見 画　本体755円＋税

◆高岡ミズミ

恋のためらい愛の罪　蓮川 愛 画　本体632円＋税

今宵、神様に嫁ぎます。～花嫁は強引に愛されて～　緒田涼歌 画　本体573円＋税

恋のしずくと愛の蜜　蓮川 愛 画　本体639円＋税

竜神様と僕とモモ～ほんわか子育て溺愛生活♥～　タカツキノボル 画　本体639円＋税

情熱のかけら　えとう綺羅 画　本体685円＋税

月と媚薬　立石 涼 画　本体685円＋税

溺れるまなざし　やすだしのぐ 画　本体685円＋税

オメガの純情～砂漠の王子と奇跡の子～　小山田あみ 画　本体755円＋税

不器用な唇 First love　金ひかる 画　本体760円＋税

不器用な唇 Sweet days　金ひかる 画　本体760円＋税

◆橘かおる

神獣の寵愛～白銀と漆黒の狼～　明神 翼 画　本体573円＋税

神獣の溺愛～狼たちのまどろみ～　明神 翼 画　本体630円＋税

黒竜の花嫁～異世界で王太子サマに寵愛されてます～　稲荷家房之介 画　本体639円＋税

神の花嫁　タカツキノボル 画　本体648円＋税

レッドカーペットの煌星　明神 翼 画　本体685円＋税

その唇に誓いの言葉を　実相寺紫子 画　本体685円＋税

神主サマはスパダリでした　タカツキノボル 画　本体685円＋税

黒竜の寵愛～異世界で王太子サマと新婚生活～　稲荷家房之介 画　本体685円＋税

神様のお嫁様　タカツキノボル 画　本体685円＋税

王宮騎士の溺愛　タカツキノボル 画　本体685円＋税

妖精王と麗しの花嫁　香坂あきほ 画　本体685円＋税

いつわりの甘い囁き　すがはら竜 画　本体755円＋税

ツンデレ猫は、オレ様社長に溺愛される　香坂あきほ 画　本体755円＋税

カクテルキス文庫をお買い上げいただきありがとうございます。
先生方へのファンレター、ご感想は
カクテルキス文庫編集部へお送りください。

◆

〒102-0073　東京都千代田区九段北3-2-5 5F
株式会社Jパブリッシング　カクテルキス文庫編集部
「義月粧子先生」係 ／「小山田あみ先生」係

◆カクテルキス文庫HP◆ https://www.j-publishing.co.jp/cocktailkiss/

運命のつがいは巡り逢う

2022年10月30日　初版発行

著　者　義月粧子
©Syouko Yoshiduki

発行人　藤居幸嗣

発行所　株式会社Jパブリッシング
〒102-0073　東京都千代田区九段北3-2-5 5F
TEL　03-3288-7907
FAX　03-3288-7880

印刷所　中央精版印刷株式会社

ISBN978-4-86669-531-0　Printed in JAPAN